초
능
력
소
년

초능력 소년

김태형 에세이

청색종이

가르어 스러들이다

엉킨 실은 잘 푸는 편인데, 실을 꿰는 일은 흔치 않은 경험이다. 푸는 것 못지않게 꿰는 일에 성심을 다해야 할 것이다. 실을 풀듯이 꿰는 것도 차분하게 하면 된다. 느긋하게, 집중해서, 마음을 다하라. 경험이 부족하니 애써 정언적 명령을 붙여 본다. 실을 푸는 것에 비법이 있다면 인내심이다. 꿰는 것도 다르지 않으리라.

자기를 다 걸어야 자기 일이 된다. 그러면 자기가 될 것이다. 자기를 걸지 않는 것은 자기 것이 아니라 남의 일이기 때문이다. 자기 자리를 만들려면 자기를 걸어야 한다. 자기조차 앉기 싫은 자리에 자기 자리가 있을 리는 없다.

게다가 무엇을 걸었느냐에 따라서 얻는 것도 달라진다. 아무것도 걸지 않았다면 아무것도 없다. 당신은 무엇을 걸겠는가. 상대가 무엇을 걸었는지 판단하는 것은 뜻밖에 쉽다. 타인이 나를 볼 때도 마찬가지다. 아무것도 걸지 않을 때일수록 더욱 확연하다. 그래서 나는 나를 걸어 본다. 자기를 걸면 자기 일이 된다. 자기가 된다.

　가을은 누군가 말해줘야 오는가 보다. 그러나 이내 가을은 간다. 간다는 게, 가버린다는 게 얼마나 사무쳤으면 이름마저도 가을인가. 갈인가. 사무친 사람만이 안다. 곧 가게 될 거라는 걸 아는 사람은 홀로 괴로움과 마주할 시간이 두려웠을 것이다. 아예 가버리고 말 것이라고 이름을 지어 부르는 게 낫다. 그래야 몇 발짝이라도 떨어져서 그저 지나가는 모습을 건너다볼 수 있으리라. '가르어 스러들인다'는 말은 내겐 스스로 감내해야 한다는 뜻으로만 들린다. 어느 날 남긴 문장인지 기억나지 않는다. 가을의 속뜻을 찾아서 쓴 듯한데, 전혀 기억에 남아 있지 않다.

견뎌내기 위한 시간이라고 나는 그저 받아들인다. 그런데 '가르어 스러들인다'는 말은 없는 말인가 보다. 애초에 없는 것이었다.

첸 카이거 감독의 〈현 위의 인생〉을 다시 봤다. 언제 어디서 보았는지 기억조차 못 할 정도로 오랜만에 다시 보았다. 두 번째 보는 거라 그랬는지 나는 절망했다. 내가 쓰고 싶은 이야기였기 때문이다. 눈물 한 방울이 내 뺨을 흘러내렸다. 지그시 눈을 감지만 않았어도 내 눈망울에 고인 눈물이 흘러넘치지는 않았으리라. 다시 눈을 떴을 때, 나는 세상을 볼 수 있으리라 믿었다. 하지만 여전히 나는 눈먼 사내였다. 눈물은 그런 슬픔을 내게 먼저 알려주려고 그렇게 흘러내렸을 것이다.

문득 생각이 나서 타란티노의 〈장고〉도 찾아서 봤다. 그런데, 이미 봤던 영화다. 앞부분은 뒤늦게 기억이 나는데, 다음부터는 처음 보는 영화 같았다. 종종 이런다. 영화

〈타인의 삶〉도 그랬다. 언젠간 내 삶도 그럴 것이다. 되돌아보았을 때, 처음인 듯 새로운 나의 삶. 다시 살아도 괜찮으리라.

해면동물의 촉각은 놀라울 정도라고 한다. 물의 온갖 진동을 구분해서 느낄 수 있단다. 촌충은 촉각만으로 모든 것을 인지한다. 가끔은 해면동물이나 촌충이 되고 싶다. 내가 느낄 수 있는 촉각은 몇 개의 언어에 한정되어 있다. 내 감각은 학습의 결과일 뿐, 진정한 감각이 아니다. 내가 느낀 것이 진정 내가 느낀 것이 아니라니, 다른 감각을 갖지 않고는 도저히 벗어날 수 없을 것이다.

사주팔자에 능한 어느 귀기 어린 예술가가 내게 말년에 운이 틀 거라고 했는데, 그 말년은 대체 언제 오는가. 아무래도 오래 살 팔자인가 보다. 또 다른 이도 그렇게 말한다. 오래 살 모양이다. 도대체가 말년이 오지를 않는 것을 보니. 그러나 오래 나를 이끌고 갔으리라. 그 말년이라는 게 있는 것을 보니.

자기가 그러니까 남도 그런 줄 안다. 남이 그렇게 보이는 것은 결국 자기가 그렇기 때문이다. 깨달았어도 늘 잊고 만다. 다시 되새겨야 한다.

자기 안에 믿음이 없을 때 오해라는 이상한 확신을 만들어낸다. 이미 단절되어 있으니 더이상의 관계는 지속되지 않는다. 다가서야 다가온다.

글은 좀체 끝을 보기가 쉽지 않다. 써도 써도 늘 제자리다. 분량을 말하는 것이다. 조금만 더 쓰면 끝날 것 같지만, 쓰고 지우고 쓰고 지우고 하다 보면 어느 순간에는 절반을 조금 넘었을 뿐 도저히 끝이 보이지 않는다. 무엇을 써야 할지 모를 때는 더욱 그렇다. 그런데 왜 끝을 보기위해 쓰고 또 쓰는 것일까. 그렇게 진을 다 빼놓고 나면내가 무엇을 원하는지 그때야 알 수 있기 때문이다. 채우려고 쓰는 게 아니라 비우려고 쓴다. 비우지 않으면 쓸 수가 없다.

매일 쓴다는 말을 나는 믿지 않는 편이다.(내가 그러지 못하니까 엉뚱한 논리를 만드는 것은 아닐까.) 한 세계가 끝나면 쓰는 일도 따라서 끝난다. 매일 쓸 수 있는 사람은 은하철도 999에 나왔던 우주에서 가장 긴 대하소설을 집필하는 작가뿐이다. 끝이 없는 대하소설을 쓰고 싶은 생각은 없다. 끝났지만 끝나지 않았기에 마주할 수밖에 없는 그런 어둠이 있으니 그나마 인간적이다. 한 인간으로 돌아와서 어떤 괴로움을 마주하고 있다.

땅콩 한 움큼 놓고 보이차를 마신다. 숙차다. 구름이 지나가는 발코니 창문 밖으로 가끔 시선을 건네다가 땅콩 한 알 까먹고, 차를 마신다. 벌써 세 번을 우려냈다. 오늘은 물이 넘치지 않고 조심스럽다. 사는 게 부끄러워지자 물도 고요히 가라앉는구나. 어느 하루는 이렇게만 살아도 괜찮겠다.

　가장 좋은 저자는 자기 자신이다. 그래서 나는 가장 좋은 저자와 계약을 한다. 원고도 없이 그렇게 할 수는 없는 노릇이다. 갓 탈고한 원고는 몇 달 더 묵혀두고 오래 묵혀둔 원고는 꺼내 본다.

　"자기를 보호한다."(로봇 3원칙 제3조)
　이건 생명의 원리다. 군이 고백할 필요는 없다. 나는 쓴다, 나를 보호하기 위해!

작고 밝은 창문을 낸 방에서, 김태형

하나

초능력 소년

그러니까 내가 세상에 눈을 뜨던 어느 날이었다. 경복궁에 사생대회를 다녀오면서 친구들과 교보문고에 들른 적이 있다. 중학교 1학년 때였다. 매대에 놓인 책들을 둘러보다가 책 한 권을 샀다. 돈이 모자라서 친구에게 얼마를 빌려서 샀다. D. H. 로렌스의 『채털리 부인의 사랑』이라는 책이었다. 그때는 책 겉표지에 포장을 해주던 시절이라 나는 안심하고 책을 들고 올 수 있었다.

집에 오자마자 책을 펼치고 읽기 시작했다. 무슨 말인

지 알아먹을 수가 없었다. 읽고 또 읽었다. 결정적 장면이 나오기만을 기다렸다. 무슨 말인지 모를 소리만 잔뜩 쓰여 있었다. 어딘가 좀 이상했다. 책을 살펴보았다. 포장지를 뜯어서 표지를 봤다. 분명 '채털리 부인의 사랑'이라고 쓰여 있었다. 그러나 표지를 넘기자 책 안쪽에 이렇게 쓰여 있었다.

파우스트.

중학생 시절은 이렇게 시작되었다. 엉뚱한 일이지만 이렇게 점점 책에 관심을 두기 시작했다. 어느 날 친구를 따라 여의도 KBS 본관 잔디구장에 간 적이 있다. 어떤 도인의 강연회가 있다고 했다. 뭔가 대단한 일이 벌어지는 줄 알고 주일학교를 마치고 걸어서 그곳까지 갔다.

수염을 허옇게 기른 도인이 마이크 앞에 서 있었다. 의자도 없이 잔디 바닥에 주저앉아 한참을 들었다. 무슨 말인지 기억도 나지 않는다. 민족이 어떻고, 개벽이 어떻고, 올림픽에서 메달을 수십 개나 딸 수 있다는 말만 얼핏 기억난다.

나는 그 친구 때문에 아틀란티스와 고대 문명에 관한 책을 읽었고, UFO와 히틀러의 관계에 대한 책도 흥미롭게 봤다. 얇은 문고판 추리소설을 읽으며 숨겨진 보물을 묘사한 부분은 거의 그대로 외우고 다녔다. 내 친구는 한동안 도인에 대한 이야기만 했다. 그래서 나도 그의 이야기가 담긴 책을 한 권 사서 읽었다. 재밌었다.

그 책에는 내 안에 잠들어 있는 초능력을 확인할 수 있는 방법이 있었다. 그래서 그대로 따라서 했다. 세숫대야에 물을 반쯤 담아서 그 위에 종이쪼가리를 올려놓았다. 그리고 물 위에 뜬 종이가 움직일 때까지 눈에 힘을 주고 가만히 있었다.

기를 모아야 한다. 호흡을 멈추고 내 안에 갇힌 기운을 풀어주어야 한다. 눈에 힘을 주고. 온 마음을 다해서. 우주와 하나가 되도록. 움직여라. 움직여라. 움직여라. 그러나 눈이 아프도록 힘을 주고 있어도 물 위에 떠 있는 종이는 꼼짝을 하지 않았다.

다른 방법이 또 있었다. 촛불을 켜놓고 같은 방법으로

눈을 부릅뜨고, 아랫배에 힘을 주고, 한 호흡에 온 우주를 끌어당기듯이 바라보았다. 촛불이 일렁일 때마다 잡념에 사로잡히지 않으려 애쓰면서 오로지 집중하고 또 집중했다. 눈이 아팠다. 잠시 눈동자를 빙글빙글 돌리고, 다시 또 부릅떴다. 꺼져라. 꺼져라. 꺼져라. 내 검은 눈동자가 저 타오르는 촛불을 빨아들일 것이다. 꺼져라. 꺼져라. 제발 좀 꺼저라.

그러고 나서 나는 방바닥에 널브러졌다. 방안이 빙글빙글 돌았다. 어지러웠다. 구토를 할 것만 같았다. 속이 메스꺼웠다. 호흡이 가쁘고, 어딘가 바닥 모를 심연에 내동댕이쳐진 듯한 느낌이었다. 촛불은 꺼지지 않았다. 눈동자가 쑥 들어간 듯이 아파왔다.

그 이후로 나는 눈을 부릅뜨지 않았다. 그런다고 세상이 바뀔 리가 없었다. 내 마음대로 곡선을 그리며 날아가던 전설의 마구를 더이상 던질 수 없게 되었다. 학교 복도에서 장풍을 쏘는 짓은 그만두었다. 내가 지구를 구할 수 없다는 것을 그때 깨달았다. 그래서인지 내 눈빛은 그 이후로 초점을 잃었다. 아틀란티스는 영원히 가라앉았고, 외계인은 다시 날아오지 않았다. 추리소설도 더이상 읽을 수가 없었다. 요술공주 밍키도 그 이후로 얼마 지나지 않아 죽었으리라. 그때 나는 초점 없는 눈동자를 랭보의 사진에서 보았다.

처음 시집을 읽어본 것도 이 무렵이었다. 종로서적에서 발행한 세계의 주요 명시를 모아놓은 선집이었는데, 내가 모르는 세상이 있다는 충격에 밤이 깊도록 읽고 또 읽었다. 그 무렵 과학잡지 《사이언스》나 《뉴톤》을 읽기도 했다. 어려운 학술 논문이 아니라 대부분 쉽게 접할 수 있는 과학(특히 생물학적) 정보들이었다. 생생한 컬러 사진과 함께 어린 학생의 눈을 즐겁게 해주었다. 그래도 대부분 어른들이나 볼 수 있는 글이었다.

그때 읽은 기사 하나가 잊히지 않는다. 프랑스의 왕립 천문학회에서 그들이 발견한 한 소행성의 이름을 '랭보'라고 지었다고 발표한 짧은 박스 기사였다. 밤하늘에 무수한 별들이 반짝이지만 '랭보'라는 이름의 소행성은 아마도 육안으로는 보이지 않는 아주 먼 곳에 있을 것이다. 이제 견자 시인, 아르튀르 랭보는 밤하늘의 별로 떠 있다. 보이지는 않지만, 저 너머를 바라보는 이에게는 분명히 존재하는 그런 세계였다.

　시인 자신은 원치 않았겠지만, 랭보는 시인의 전형으로 여겨졌다. 그것은 열아홉 살에 "이제 내가 쓰고 싶은 시는 모두 다 썼다"고 말하는 저 도저한 천재성과 영원히 젊음을 간직한 순결성이었다. 게다가 랭보가 가진 부정 정신이야말로 가장 돋보이는 부분이었다. 어쩌면 랭보는 그의 시보다는 어떤 이미지가 더 많이 회자되었으리라는 생각이 든다.

　사실 외국의 시는 우리말로 번역되었을 때 그 생명력이 약해진다. 시는 번역될 수 없다는 말이 있듯이 그 시가 창작된 배경과 그 사회의 구성원들이 공유했던 언어적 전통을 이해하지 못하고서는 절대로 시를 이해할 수 없다. 보편적인 것이라기보다는 특수성이 강한 것이 시 장르다. 아마도 내가 읽은 랭보의 시는 전혀 이해되지 못한 채 어떤 강렬한 이미지로만 다가왔으리라.

견자의 시론이라고 불리는 랭보의 시는 사물의 실재성에 주목한 것이 아니라 그 사물들을 뒤틀어보고 그 이면에 숨겨진 새로운 사물의 본질을 시의 형태로 이끌어내려고 했다. 랭보가 그리스 고전 시인들에 대해 천착했고, 신비주의적인 관심을 보였던 것은 사물의 이면을 새롭게 발견하려는 노력으로 보인다. 미지의 세계에 도달하려는 의지였을 것이다. 신비주의적인 외양이나 퇴폐적인 언어들이 난무하고 무엇보다도 반항적이며 부정적인 시각은 강제된 현실의 틀을 넘어서기 위한 것들이었다. 랭보의 사진에서 본 그의 눈동자는 푸른 눈동자로 빛나며 정면을 응시하고 있었지만 어딘지 모르게 초점을 잃고 뒤쪽 어딘가 먼 곳을 건너다보는 듯했다.

전설의 마구를 던지지 못하고 장풍도 쏘지 못하게 되면서부터 나는 랭보를 읽으며 초점 잃은 눈동자를 갖게 되었다. 아틀란티스는 사라졌고 외계인도 다시는 날아오지 않을 무렵이었다. 나는 이 세계의 비밀을 이해하기보

다는 이제껏 존재하지 않았던 세계를 창조하고 싶었는지

모른다. 나는 초점 없는 눈동자로 다른 것을 바라보기 시

작했다.

마지막 마술 시간

중학교 1학년을 마치며 종업식을 한다고 선생님이 참여할 학생들의 신청을 받았다. 며칠 만에 특별한 행사가 준비될 리는 없다. 소풍 가서 괜히 등 떠밀려 불려 나온 학생이 노래나 하다 마는 정도의 장기자랑이 전부였다.

무슨 용기가 있었는지 나는 손을 번쩍 들었다. 마술을 보여줄 생각이었다. 그때 나는 손바닥만 한 백과사전이 몇 권 있었다. 그중에 너클볼을 던지는 법을 알려준 야구 백과사전을 제일 좋아했고, 다음으로는 불가사의한 일들을 모아놓은 백과사전을 좋아했다. 마술 백과사전도 있었는데, 가끔 들춰보며 이렇게 하면 재밌겠다 싶은 정도였다.

그 생각이 났다. 무슨 용기라기보다는 한 번 활용해보겠다는 생각이 앞섰다. 그날부터 나는 백과사전을 뒤적이며 내가 준비할 수 있는 것들을 찾았다. 한 다섯 가지 정도를 준비했던 것으로 기억한다. 트럼프 카드 한 장을 세우고 그 위에 빈 컵을 다시 세워놓기. 한 번의 마술로 두 가지를 해낼 수 있으니 얼마나 좋은가. 빈 신문지에서 색색의 종잇조각이 쏟아져 나오는 마술은 얼마나 황홀한가.

집에 돌아오자마자 트럼프 카드 뒷면에 또 다른 카드 한 장을 반으로 접어서 절반만 접착제로 붙였다. 접착제로 붙이지 않은 면을 다시 펼쳐서 손가락으로 잘 잡고 카드의 앞뒤를 빠르게 돌려가며 보여주면 영락없이 카드 한 장으로만 보인다. 교탁 위에 카드를 세우는 척하면서 뒷면에 붙여 놓았던 카드의 반쪽을 슬쩍 펼치면 카드를 세울 수 있다. 그 위에 빈 유리컵을 올려놓기만 하면 된다.

역시 신문지도 두 장을 포개서 가장자리를 접착제로 붙여놓고, 눈에 띄지 않는 구석에 구멍을 만들어놓는다. 그 안에 온갖 색종이를 작게 잘라서 집어넣고 관객 앞에서 마구 흔들어대면 빈 신문지에서 황홀한 박수가 쏟아져 나올 것이다. 접착제가 신문지를 쭈글쭈글하게 만들지 않도록 조심스럽게 바르고, 연필 깎는 칼로 정교하게 구멍을 만드는 일은 생각보다 꽤 신중해야 했다. 일단 눈치를 채면 안 되니까 말이다.

며칠 뒤에 나는 교탁 앞으로 성큼성큼 걸어나갔다. 준비한 도구를 교탁 아래 챙겨놓고 첫 마술부터 보여주기 시작했다. 일단 카드 한 장을 멋들어지게 교탁 위에 세우는 신기를 보였다.

"에이, 뒤에 뭐 받쳐놓았네."

"어디? 저거 카드 붙여 놓은 거야."

조명이 문제였던가. 내 손놀림이 엉성했던가. 카드를 허공에 들어 올려 앞뒤로 보여주고서 교탁 위에 세워놓는 마술은 쉽게 들통이 나고 말았다. 칠판 옆에 서 있던 선생님이 학생들을 부추기듯이 환호와 박수를 끌어내셨다.

"와~"

나는 서둘지 않고 세워놓은 카드 한 장 위에 빈 유리컵을 세우는 흑마술을 펼쳐 보였다.

"와~"

선생님만 바빴다.

유리컵을 카드 위에 세우는 마술은 카드를 어떻게 세웠는지 들통이 나는 순간부터 빛을 잃었다. 신문지를 펼쳐 보이고 아무것도 없는 빈 신문지 한 장에서 색색의 종잇조각이 쏟아져 나오는 마술도 썩 재미는 없었다.

"저거 신문지 두 장 붙여놓은 거야."

다들 뻔히 안다는 눈치였다. 나도 뭐 그러리라 짐작은 했다. 이건 그저 쇼일 뿐이니까. 뭔가를 잘 보여주면 끝이니까. 당황스럽지는 않았다. 오히려 재밌었다. 마술이라는 것을 내 손으로 할 수 있다는 점이 만족스러웠다. 그래도 학생들이 내 마술의 비밀을 속속들이 파헤치는 동안 나는 조금 경황이 없었던 모양이다. 그만 준비한 마술 한

가지를 잊고 빠뜨렸다.

친구들이 나와서 노래를 부르고, 딱히 할 게 없으니 괜히 불려 나온 학생이 우물쭈물하다 엉덩이로 이름이나 쓰다가 종업식을 마쳤다. 그래도 아직 어린 나이였기에 다들 행복했다. 나는 집에 돌아와서야 내가 준비한 마술 한 가지를 빠뜨렸다는 것을 알았다. 그건 내가 사라지는 마술이었다.

비록 직접 해보지는 못했지만, 그 마술 비법은 소개할 수가 없다. 어느 마술사가 비법을 공개했다가 마술협회로부터 영구제명 당한 일이 있다. 내가 그럴 일은 없지만, 그래도 비법은 차마 소개할 수가 없다. 그때 그 마술을 빼먹고 하지 않았기 때문에 지금 나는 이곳에 살아 있다. 만약 내가 사라지는 마술을 했다면, 분명 나는 그 순간 사라졌을 것이다. 너무나 창피해서 밝힐 수가 없다. 나는 붉은 얼굴을 들지 못하고, 쥐며느리를 따라 축축하고 어두운 곳으로 사라져버렸을 것이다.

다 크고 나서야 깨달았지만, 내가 쓰는 시도 그 마술과 그리 다르지 않았다. 새로운 세계를 창조할 수는 없지만, 현실을 다르게 보여줄 수는 있었다. 급기야 나를 찾고 지우고 다시 태어나게 할 수 있었다. 보이지 않는 것을 보이게 하고, 전이되며, 분리되고, 떠다니다가 급기야 허공으로 사라질 수 있었다. 유리창에 매달린 물방울로, 다락방에 묵은 공기로, 손등의 하얀 볕살로 끊임없이 나는 그 무엇인가로 스며들었으며 감각하고 변화해 왔다.

요즘 내가 꿈꾸는 마술이 있다. 바로 돌이 되는 것이다. 바람이었다가 모래였다가 볕이었다가 화산재였다가 들판이었다가 지평선이었다가 어둠이었을 단 하나의 돌을 나는 꿈꾼다. 태초였을까. 처음으로 눈을 뜨던 어느 날이었을까. 별이었을까. 황막한 붉은 먼지였을까. 하나의 돌 속에서 나는 모든 것을 보고 만지고 느끼고 싶었다.

혼자 걸을 때였다. 그럴 때면 나도 모르게 어떤 생각 하나를 따라가게 된다. 사로잡히게 된다. 걸음을 멈추고 그 자리에 우두커니 서 있게 된다. 그게 싫어서 뭐라도 생각을 떨쳐내야 했다. 고비사막을 지나다 날이 저물기 전에

서둘러 짐을 풀어놓고 석양을 기다려야 하니까, 어떻게든 나는 걸어서 게르까지 가야 했다. 걷다 보니 황무지에 널려 있는 돌이라도 주워야 할 것만 같았다. 그대로 햇볕이 될 수는 없으니까. 바람이 될 수는 없으니까.

어떤 생각 하나를 떨쳐내지 못하고 걸음은 느려져 있었다. 발걸음에 차이는 돌멩이들이 작고 볼품없었다. 수백 년 동안 파도에 둥글어진 해변의 몽돌처럼 예쁘고 부드러운 돌이 아니었다. 사나운 땡볕과 모래바람과 비와 추위에 내버려진 작고 거친 돌멩이들이 널려 있을 뿐이었다. 뭐 하나 그럴 듯한 돌을 줍지 못하고 걷다가 아예 걸음을 멈추고 쭈그리고 앉았다. 아주 작은 돌멩이 하나가 눈에 띄었다.

보라색 실끈으로 자기 몸을 묶어놓은 돌이었다. 마치 기타 칠 때 쓰는 피크처럼 생긴 납작한 돌을 하나 주워들었다. 제 몸을 묶어놓은 실끈이 볕살에 선명하게 드러났다. 물론 실이 아니었다. 어떤 물질이 오랜 세월에 걸쳐 돌과 함께 굳어져 하나의 돌이 되었을 것이다. 선물포장처럼 십자형으로 잘 묶은 돌을 하나 주워들었다. 잠시나마 어떤 생각도 나를 소용돌이치게 하지는 못했다. 자기를 묶어놓은 돌이 내게 상징을 주었다. 나를 잃지 않으면 된다. 비록 내가 무엇인가에 사로잡혀 있다고 해도 자신만은 잃지 않으면 된다. 그래야 또 다가갈 수 있다. 내가 있어야 내게 오는 것들도 있는 것이다. 나를 다시 잘 묶어놓고, 그 다음에 내 앞을 바라보아야 한다. 내 앞에서 내가 보일 것이다. 그런 생각으로 어떤 생각 하나를 떨쳐내고 자리에서 일어섰다.

그 돌을 가지고 왔다. 고비사막에서 모래 몇 줌, 떨어진 구리단추 하나, 말라죽은 자크나무 가지도 가져왔다. 주변에 다 내어주고 돌 하나만 내게 남았다. 누구에게 줄 수 없는 것이었다. 오로지 나만이 갖고 있어야 할 돌이었다. 내가 되어야 할 돌이었다.

명사는 사라지지 않고 존재하려는 성향을 강하게 지닌다. 막스 피카르트는 명사를 "확실한 것, 틀림없는 것"(『인간과 말』)이라고 했다. 그러나 명사는 확실하고 틀림없지만 고정되어 있다. 존재지만 존재하지는 않는다. 행위가 없다면 존재도 없다. 그래서 명사는 술어와 연결되어 존재하려고 한다.

"명사는, 주어는 이제 무엇인가를 행하게 된다." 내가 돌을 하나 주워들었을 때, 비로소 문장이 이루어진다. "다른 곳으로 향하려는 시도, 이것이 문장이다." 나는 이제 돌이 되는 것이다. 자기를 묶어놓은 돌이 되어 존재하는 것이다. 행하는 것은 향하는 것이다. 나의 마술이다.

그때 나는 시를 쓰고 있었다

일상은 온갖 규칙과 강제 속에서 다른 꿈을 꿀 수 없게 했다. 점심 때 교내 방송이 나왔다. 신기했다. 라디오 방송을 흉내 낸 오프닝 멘트가 있고, 학생들의 짧은 사연도 소개했다. 그래도 거의 대중음악으로 채워진 방송이었다.

나는 고등학교를 입학하기 전까지 고전음악만 들었다. 독수리표 쉐이코 카세트 라디오는 언제나 클래식 전문 방송에 맞춰져 있었다. 좋은 곡이 나오면 테이프에 녹음해서 모으기도 했다. 어지간한 곡은 그때 다 들었다.

헤비메탈은 고등학교에 가서 처음 들었다. 교내 방송에서였다.

"피곤이 몰아치는 기나긴 오후 지나/집으로 달려가는 마음은 어떠한가"

점점 볼륨이 올라가고 있었다.

"크게 라디오를 켜고 다함께 따라해요/크게 라디오를 켜고 다함께 노래해요"

인간의 목소리가 올라갈 수 있는 한계치에서 신음처럼 끊어질 듯 끊어지지 않고 내지르는 소리는 스피커를 찢어 놓을 듯이 교실 안에 울려 퍼졌다. 처음에는 흥을 돋우는 리듬 때문에 대수롭지 않게 들었다.

"어? 쟤네, 이제 다 죽었다."

볼륨이 점점 올라가고 있었다. 그래도 시나위의 〈크게 라디오를 켜고〉는 끝까지 무사히 방송되었다.

"지금 뭐하는 거야? 빨리 끄지 못해!"

노래가 끝나고 잠시 침묵이 흐르더니, 방송실로 급하게 들이닥친 선생님의 목소리가 멀찍이 마이크를 타고 스피커를 통해 들려왔다.

"다 죽었네."

다음 날부터 점심 방송은 나오지 않았다. 한 달 정도였을 것이다. 그 후에 다시 방송이 나오기 시작했다. 방송부원이 바뀌었는지는 모른다. 어떤 징계를 받았다는 소식은 듣지 못했다. 힘깨나 쓰는 학부모들이 많은 학교였다. 그저 예전과 다르지 않은 방송이 흘러나왔다. 오프닝 멘트도 여전했고, 가요도 팝송도 감미로웠다.

그러던 어느 날이었다.

"삐이익~ 삐익~ 개새X! 다 죽었어. 삑, 삐익~"

점심 방송이 다시 시작되고 며칠 지나지 않아서 이번에는 제대로 된 방송 사고가 났다. 어느 미친놈이 제대로 깽판을 한 번 쳐보겠다고 작심한 모양이었다. 아마도 선생님이 달려가기 전에 방송실에 있던 누군가가 전원을 내렸을 것이다. 방송은 그 즉시 멈췄다. 그리고 내가 그 학교를 졸업할 때까지 다시는 방송이 나오지 않았다.

방송이 뭔가 대단한 것을 할 수 있다는 것을 깨달았을

것이다. 누군가에게는 방송이 깽판을 한 번 크게 칠 수 있는 가장 손쉬운 방법이었을 것이다. 그러나 그 방송을 지배하고 있는 자가 저 위에 존재한다는 것은 누구도 알아채지 못했다. 시끄러운 음악을 틀어서는 안 되고, 대들어서도 안 된다고만 생각했다. 저항한다는 것은 있을 수 없는 일이었다. 따귀를 맞고, 엉덩이를 맞는 것은 당연했다.

그때 나는 시를 쓰고 있었다. 시집을 사다 읽으면서 밤 늦게 갱지에 시를 썼다. 그러다가 점차 시와 관련된 다른 책에도 관심을 기울일 수밖에 없었다. 그때 내가 읽은 시들은 거의 대부분 민중시였기 때문이다. 사회와 역사에 대한 호기심은 자연스럽게 생겼다. 3학년이 되었을 때, 『한국민중사』를 읽었다. 청계천까지 가서 사온 책이었다. 그게 금서라는 것을 알고 있었다. 이산하의 서사시 「한라산」이 발표된 무크지 《녹두서평》도 그 무렵 구해서 읽은 듯하다. 좁은 독서실 책상에 앉아서 상하권으로 나온 두툼한 역사책을 읽으며 연습장에 중요한 부분을 메모해두곤 했다. 책에 밑줄을 치지 않고, 곱게 다루는 편이라 그랬다. 어느 날 교련 시간에 갑자기 선생님이 발표를 시켰다. 예정에 없는 일이었다. 교과서에 나온 내용을 나와서 발표하라는 것이었다. 누가 교련 교과서를 들춰보겠는가. 하필 그때 내가 불려나가게 되었다. 발표해야 할 내용을 보니 제목이 '한반도의 지정학적 위치와 국제 정세'였다. 그 제목은 지금도 정확히 기억한다. 나는 연습장을 들고 나갔다. 연습장을 이리저리 들추며 제목에 어울리는 내용을 발표하기 시작했다.

내 입에서 민중과 외세에 관한 말이 흘러나왔을 것이다. 그 순간 교실 뒤편에서 팔짱을 끼고 있던 선생님이 달려 나와서 내 한쪽 뺨을 작대기로 내리쳤다. 나무막대로 만든 지휘봉으로 내 뺨을 다짜고짜 갈기고 난 선생님은 아버지가 뭐하시는 분이냐며 출신성분을 캐물었다.

민중과 외세에 대해 몇 마디 발표도 하지 못하고 나는 교탁 앞에서 물러났다. 출신성분을 말해야 했고, 얻어맞은 뺨이 후끈거려도 참아야 했다. 그 사건은 그냥 지나가지 않았다. 하필 그날 한 과목이 선생님 사정으로 비게 되었다. 그 시간을 감독하기 위해 들어온 수학 선생님은 젊었다. 자습이나 해야 되는 시간인데, 누군가 선생님께 건의해서 그날 있었던 사건에 대해 학급회의를 하자고 했다. 젊은 선생님은 그간 진보적인 성향을 보였기 때문에 학생들이 경계하지 않고 마음을 드러낼 수 있었다. 그 시간에 격론이 일어난 것은 당연했다. 학생들이 자발적으로 회의를 주재한 것도 처음이었다.

나는 교련 교과서 대신 시집을 읽었고, 『한국민중사』를 읽었다. 그게 내 교과서였다. 그러나 다른 교과서는 허용되지 않았다. 다른 교과서를 읽은 대가로 내가 치른 것은 수치심과 모욕감뿐이었다.

그리고 몇 년 후 나는 시인이 되었다.

내게도 출생의 비밀이

어느 작명가가 지은 것은 내 이름만은 아니다. 내 이름에는 그이의 이름도 숨겨져 있다. 아니 그의 소맷자락을 나달나달 스쳐간 어느 바람도 함께 묻어 있는 셈이다. 누런 해가 지고 검은 달이 떠오르던 그 밤이 나에게 내려앉아 있는 것이다.

지나가는 이를 불러다 얼마를 주고 이름을 지었다 한다. 내 이름은 지나가는 작명가를 불러다가 그렇게 지었다 한다. 이름을 지어야 할 사람이 얼마나 될 것인가. 작은 마을에 느닷없이 나타나서 길가를 배회하며 이름을 지으라고 큰소리로 외치고 다녔던 것일까. 그에게 운이 찾아왔는지 마침 그 무렵에 내가 태어났다.

그이는 짧은 햇볕이 지나간 마루에 앉아서 흰 종이 위에 척 이름자를 적어놓고는 대단히 만족스러워했다고 한다.

"장차 시인이 될 운명이로고!"

그이는 그렇게 말했다 한다.

"그 사람 참 신기하지. 어찌 알고 그리 이름을 지었을까. 허허 참."

삼십 년이 지난 뒤에야 아버지로부터 이런 이야기를 듣게 되었다. 그 순간 갑자기 운명이라는 게 다가온 것일까. 그게 아니지 싶기도 해서 나는 딴청을 부렸다.

"떠돌이가 무슨 예언가라도 된다고."

생각해보면 아마도 떠돌이 작명가는 이름 한번 잘 지었다 싶어 그리 말했을 것이다. 그랬을 것이다. 어떤 운명을 타고 날 정도로 나는 비범한 사람이 아니다. 다만 조금 일찍 눈을 떴고, 몽매의 세월 속에 나를 바쳤을 뿐이다.

그 운명이라는 것이 말하자면 시를 쓰다가 바람에 구름 한 점 걸어놓지 못하고 떠돌던 자신의 마음이 아니었을까. 그러니까 운명이란 나만의 것이 아니었다. 이름을 지어준 그이의 삶도 내 이름에 덧대어 있는 것이다.

처음으로 이름을 지어 불러주는 것, 그것은 구름과 바람의 문장이다. 그렇게 그가 내 이름을 처음으로 부른 사람이 되었을 것이다. 그래도 딱히 다른 운명을 살지는 않았던 모양이다. 나에게는 그이의 운명도 함께 들어 있는 셈이다.

고등학생 때 쉬는 시간마다 시집을 꺼내 읽었다. 한번은 옆에 앉은 친구가 연습장 가득 써 놓은 시를 내게 보여주었다.

"이 시 어때?"

"뭐 이래. 시상이 흩어져 있고 표현이 어색한데. 네가 쓴 거니? 좀 더 손을 봐야겠다."

"이거 네가 그렇게 좋아하는 김지하 시야."

"⋯⋯."

이 녀석은 내 책상서랍에서 몰래 김지하 시집을 꺼내갔다. 그리고 시집에서 시 한 편을 연습장에 옮겨 적은 뒤에 나에게 보여준 것이다. 분명 나를 시험하겠다는 음흉한 계략이었다. 가끔씩 이 녀석이 지금 어디서 무엇을 하고 있을까 궁금해지곤 한다. 분명 크게 성공했거나 어떤 어둠의 경로에서 괴로워하고 있을지 모른다.

이 구렁이 같은 놈이 표정 하나 변하지 않은 채 앉아 있는 모습이 징그러웠지만, 무엇보다도 내가 더 한심해서 얼굴을 들 수가 없었다. 한두 번 읽은 시집도 아니고 수십 번은 족히 읽은 시집이었다. 왜 그 시를 기억하지 못했을까. 시집 한 권을 여러 번 읽더라도 반드시 모든 시를 눈여겨 읽는 것은 아니다. 좋아하는 시를 중심으로 읽게 된다. 재미없는 부분은 슬쩍 빠르게 넘어가기도 하면서 말이다. 그래도 나는 부끄러웠다. 열렬한 추종자라고 으스대던 내 꼴이 말이 아니었다.

그러고 보면 시인의 이름을 지우고 시를 읽어야 제대로 이해할 수 있는 것은 아닐까. 나는 어떤 환상으로 시를 읽고 있었는지도 모른다. 저 위대한 시인이 쓴 시라면, 당연히 뛰어난 시가 아니겠는가. 나는 이미 범위가 결정된 환상 속에서 시를 읽었던 것이다. 이 부끄러운 기억은 나를 오래도록 따라다녔다.

나는 시집을 주로 읽었다. 또래 아이들이 자주 보는 만화를 거의 보지 않고 자랐다. 내가 끝까지 본 만화책은 허형만, 김세영의 『카멜레온의 시(詩)』가 유일하다. 월간지 《보물섬》 창간호부터 몇 권을 보기는 했지만 그 외에 내가 본 만화책은 거의 없다. 성당에서 빨간 복사복을 갈아입고 대기하며 돈 까밀로 신부가 나오는 만화를 깔깔대며 보기는 했지만, 월간지는 듬성듬성 이가 빠지듯 없는 책이 많았다.

나는 만화책과 잘 맞지 않았다. 『카멜레온의 시(詩)』도 만화책이 보고 싶어 찾아본 게 아니라 이 만화에 시가 나온다고 해서 보았다. 내 기억으론 로트레아몽의 시가 많이 인용되었고, 한국의 여러 시인이 쓴 시도 인용되었다. 이 만화책은 정말 대단했다. 스토리도 그렇지만, 인용된 시가 풍겨내는 아우라는 매우 독특했다. 내가 마지막 권까지 읽었다는 것만 해도 이 만화책이 얼마나 뛰어난지 알 수 있다.

그때 나는 시란 멋있는 말이라고 생각했다. 그래, 시는 멋진 말이다. 대부분 그렇게 생각할 것이다. 시, 그건 멋들어진 말이다.

"한마디 해보세요. 시인이시라면서요?"

사람들은 시인에게 멋진 말을 기대한다. 동물원의 원숭이에게 재주를 부리라고 시키듯이. 시란 그런 것이었으니까. 적어도 사람들에게는 그렇다. 나도 그리 부정하고 싶지는 않다. 멋진 말 좀 해보려고 밤새 시를 쓰던 기억이 있으니까.

그런데 세상에 차고 넘치는, 여기저기 널린 시들을 읽어보면 멋있는 말이 별로 없다. 세 가지다. 이미 멋있는 말을 누군가 다 해버린 것이고, 그보다 더 멋있는 말을 할 수 있는 능력이 없거니와, 심지어 멋있는 말이라는 게 다 거짓이었다고 깨달았기 때문이리라.

그래도 가끔은 멋있는 말을 하고 싶다. 그런 말을 하는 사람이 되고 싶다. 멋있는 말, 좀 있어 보이는 말, 뭔가 아주 다른 말, 그런 말을 하며 아랫것들과 다른 세상에서 사는 취흥을 느끼고 싶은 것이다. 그럴듯한 거짓말로 나를 감추며, 아니 지워버리며 살고 싶은 것이다. 실은 그래서 시를 쓰는지도 모른다.

보잘것없는 짓이다. 시라는 것은, 그 꿈은 하찮은 것이다. 마치 여치와도 같다. 나는 듯하지만, 고작 두어 걸음쯤 앞에 떨어질 뿐이다. 누가 다가올까 싶으면 더듬이마저 꼼짝 않고 있다가 이게 아니다 싶을 때면 냅다 뛰어서 바로 옆의 풀숲으로 또 숨을 뿐이다. 여치라는 놈이 그렇다.

메피스토펠레스는 인간을 여치와 같다고 비웃었다. 이슬 묻은 축축한 수풀 속에 처박혀서 낡은 노래나 불러대는 인간. 나는 듯하지만, 지상으로부터 벗어날 수 없는 인간. 너무나 불쌍해서 악마조차도 차마 괴롭히고 싶어 하지 않는 그런 인간.

그게 인간이다. 나는 듯하지만, 다시 지상으로 돌아온

다. 다른 세상에 가야 할 이유가 없기 때문이다. 인간이니까 그렇다. 신이 아니라서 악마가 아니라서 그저 인간이라서 진흙 묻은 두 발로 걸을 뿐이다. 나는 듯하지만, 나는 게 아니다. 조금 더 멀리 이 지상으로 나아가기 위한 것일 뿐이다.

최초의 인간의 발자국은 낙원에서 쫓겨나는 길 위에 찍혔을 것이다. 인간으로 해방되어서야 비로소 인간의 발자국을 남겼을 것이다. 그 발로 350만 년 전에 또 한 가족이 화산재가 뒤덮인 진흙 계곡을 지나갔으리라. 어린아이를 데리고 한 가족이 어딘가로 다급히 가고 있었으리라. 살기 위해서였다. 여전히 인간이기 위해서였다.

나는 듯하지만, 또 다른 지상에 안착한다. 잠시 날아서 팔짝 뛰어서 이곳으로 저곳으로 지상으로 진흙 세상으로 퍼져나간다. 인간이라서. 순간을 사는 인간이라서. 오로지 인간이기 위해서. 살아 있기 위해서. 그렇게 자유롭기 위해서.

내 운명이란 어쩌면 보잘것없는 것일지도 모른다. 한

마리 여치에 불과할지도 모른다. 그래도 내가 지어낸 허구가 어떤 꿈이 되고 바람이 되고 현실이 될지도 모른다. 그러면 됐다. 이 세상을 이루는 것보다 더 해볼 만한 게 어디 또 있겠는가.

그 누구도 아닌 바로 나

　서울 영등포구 신길7동은 내가 태어난 곳이다. 내가 떠올릴 수 있는 최초의 기억은 서툴게나마 걸을 수 있었던 아주 어린아이 때였다. 두 살이나 세 살쯤이 아니었을까. 몇 집이 세를 들어 살던 돌계단 위의 집이었다. 겨울이었다. 명절이나 특별한 기념일이었을 것이다. 그 이유 때문에 구멍가게에 가서 먹고 싶은 것을 살 수 있도록 허락을 받았던 것 같다. 누나의 손을 잡고 돌계단 바로 아래에 있던 구멍가게에 갔다가 오는 기억이 있다. 나는 가느다란 초록색 플라스틱 막대에 알사탕이 달린 것을 들고 있었다. 마치 정지된 화면처럼 짧은 기억이지만, 그것은 내게 최초의 사건이나 다름없었다. 처음으로 부모로부터 떨어져서 내가 원하는 것을 얻기 위해 집밖을 나섰다는 것만으로도 뭔가 기쁨과 설렘을 느꼈던 것 같다. 아주 작은 구멍가게에서 나와 눈이 내려 얼어붙은 돌계단을 조심조심 오르던 기억이 난다. 그게 내 최초의 기억이다.

최초의 사건은 계시와도 같다고 한다. 그 기억으로부터 삶의 가치를 헤아려볼 수 있다고 한다. 어떻게 살아왔으며, 앞으로 무엇이 될 것인지 가늠할 수 있다고 한다. 그것은 세상을 바라보는 시선을 만들기 때문이다. 그래서 내 최초의 기억을 다시 되돌아보았다.

내가 집밖을 나선 때는 겨울이었다. 한 해가 시작되는 날이었을 것이다. 그게 아니라면 내 생일이었을 것이다. 그 차이는 거의 없다. 단지 기념할 만한 날이라는 것이다. 이런 이유 때문에 집밖으로 나갈 수 있었지만, 내 기억은 내가 집밖으로 나간 사건을 기념하고 있다. 이 부분은 꽤 의미 있다. 나는 늘 독립하려는 열망에 사로잡혀 있었으니까.

엄격한 규율에 갇혀 있는 것은 견디기 힘들었지만, 그렇다고 스스로 벗어날 힘도 없었다. 급기야 나는 세상으로 나가게 되었다. 나는 또 다른 엄격한 제도를 통해 벗어날 수 있었을 뿐이다. 왜냐하면 세상이란 누구에게나 구속이기 때문이다. 그 구속을 즐겁게 받아들이건 불행하게 받아들이건 그것은 각자의 상황에 따라 다를 뿐이다. 구속은 행복과 불행의 차이로 설명할 수는 없다. 무서운 엄마로부터 탈출했지만, 더 무서운 또 다른 엄마가 내 앞에 있다면 나는 결코 탈출에 성공한 것이 아니다.

나는 막대사탕을 하나 사들고 곧바로 집으로 돌아왔다. 벗어났다는 유쾌함은 다시 되돌아갈 수 있는 곳이 있다는 안도감에 의해서만 가능하다. 집을 벗어난 세상에 대해 전혀 알지 못하기도 했을 것이다. 그래서 어쩌면 내게는 바깥 세상에 대한 두려움도 없었을 것이다. 내가 아는 세상은 오로지 집이 전부였다. 잠시 집을 벗어나서 바깥바람을 쐬고 다시 되돌아오는 패턴은 이후에도 내 삶의 일정한 구조를 만들었다. 누구나 그렇겠지만, 나 역시 현실에 순응하기 위해 잠시 벗어나기를 선택했던 것이다.

내가 느낀 기쁨과 설렘은 내 안에 본능적인 자유의지 때문일 것이다. 나는 늘 벗어나고자 하지만, 단 한 번도 벗어나지 못했다. 혼자가 되고자 했지만, 언제나 나는 혼자가 아니었다. 그러면서도 끊임없이 어딘가로 그 무엇을 향해서 벗어나기를 주저하지 않았다.

내가 스스로 선택한 막대사탕에 대해서는 더 말하고 싶지 않다. 내가 벗어나지 못하고 다시 되돌아올 수밖에 없는 이유는 저 초록색 막대사탕 때문이 아닐까 싶기도 하다. 내가 사탕을 집어든 것은 스스로 선택한 것이지만, 달리 선택의 여지가 없었다. 그때 내가 먹을 수 있는 것은 그것 외에 별다른 게 없었다. 나는 그때 선택의 여지조차 없는 선악과를 따먹은 것이다. 자유로운 나로부터 추방될 수밖에 없는 그 원죄를 막대사탕 하나 쥐어 들면서 저질렀던 것이다. 나는 지금도 초록색 막대사탕을 잊지 못한다. 더 많은 초록색 막대사탕을 얻기 위해 살아가고 있다. 그 단맛에 오래 길들여졌다. 벗어날 수가 없다. 풍요로운 물질의 세계는 나의 낙원이었다. 그러나 이상하게도 이 낙원에서는 선악과를 따먹은 자를 결코 추방하지 않는다. 오히려 원죄를 저질러야 낙원에 거주할 수 있는 자격을 부여한다.

누구나 사탕을 손에 쥐고 있고, 내가 손에 사탕을 쥐고 있지 않다 하더라도 그 누구라도 나를 대신해서 사탕을 들 수 있다. 내가 굳이 사탕을 들고 있어야 할 필요가 없는 것은 이곳에서 내가 필요하지 않은 것과 같다. 나는 언제나 그 누군가로 대체될 수 있고, 내 고유한 이야기는 아무도 들으려 하지 않는 무가치한 것이 되고 만다. 누구도 낙원을 벗어날 수가 없다. 낙원을 벗어난다는 것이 비로소 한 인간으로서 자유로워진다는 것을 그 누구도 알려주지 않는다.

피렌체의 화가 마사초가 그린 낙원에서 추방당하는 최초의 인간은 더없이 애통하게 울고 있다. 그들이 낙원의 강제로부터 비로소 벗어나 자유로운 인간이 되었다는 것을 애써 감추려는 듯이.

살다 보니 나는 내가 되었다

나는 한 살 일찍 학교에 들어갔다. 조숙한 게 아니라 조금 덜떨어진 아이였다. 줄 서는 일이 가장 어려웠다. 어디에 서야 하는지 알 수가 없었다. 엉뚱한 곳에 서 있다가 당황한 적이 많다.

"안녕하세요."

교문 앞에서 담임선생님을 만나자 나는 등에 멘 가방이 앞으로 넘어가도록 넙죽 인사를 하곤 했다.

"어제도 일찍 집에 갔더라."

그날도 3교시가 끝나자마자 나는 가방을 싸고 집으로 왔다.

어디서 배웠는지 휘파람까지 곧잘 불고 다녔다.

"학교 끝났니? 우리 앤 왜 안 오지?"

동네 아주머니들이 내게 묻곤 했다.

나는 휘파람을 불기만 했다.

한 학년이 올라가고 나서야 나는 제정신이 들었는지 곧은 자세로 수업을 듣곤 했다. 수업을 빼먹지는 않았다.

하굣길에 몇몇 아이들은 만화방에 드나들었다. 지금 어디 박물관 같은 곳에 재현해 놓은 딱 그런 모습의 만화방이었다. 친구를 따라서 들어갔지만, 빼곡히 꽂혀 있는 만화책들은 내 흥미를 끌지 못했다. 아마도 내가 덜떨어진 아이여서 그랬을 것이다. 다들 한창 만화를 보던 시절에 나는 휘파람을 불며 걷기를 좋아했을 뿐이다.

그렇게 걷다 보니 내게도 사춘기 시절이 다가왔다. 피아노 독주곡을 좋아했다. 나무십자가소년합창단이 부른 페르골레지의 〈스타바트 마테르〉를 들으며 뭔가 다른 세

56

계를 느끼곤 했다. 물론 마이클 잭슨의 〈빌리진〉을 따라 부르다 누나들에게 놀림을 당하기도 했다. 문예지 창간호를 사보기 시작했고, 타자기로 밤새워 수십 편의 시를 쓰기도 했다. 문예지에서 베껴 쓴 시인 이승훈의 시를 학교 독서실 내 자리 벽면에 붙여 놓기도 했다. 고전기타를 하나 사서 타레가 기타교본을 들여다보기도 했다.

내게도 방황의 시절이 있었다. 나는 세상에 나아갈 수 있는 사람이 아니었다. 뭘 좀 아는 듯했지만, 여전히 두려웠다. 그때 우연히 친구를 따라 만화방에 가서 허영만의 『카멜레온의 시(詩)』를 보게 되었다. 김춘수와 이승훈, 바이런 등의 시가 보였다. 알 듯 모를 듯 괴이한 분위기의 로트레아몽의 시도 있었다. 두 마리의 개가 싸우는 김춘수의 시는 주인공 강토와 나라의 극적인 대결을 암시하고 있었다.(그 대결 구도는 훗날 내 시의 바탕이 되기도 했다.) 이승훈의 시는 음울하고 신비로운 나라의 심리를 대변하는 듯했다.

나라가 연주하는 그라나도스, 타레가 등의 고전기타 명

곡은 익히 나를 사로잡았던 음악이었지만, 그가 읽고 있던 로트레아몽의 『말도로르의 노래』는 처음 들어보는 시집이었다. 나라의 음울한 삶처럼 어떤 비의(祕義)를 담고 있는 듯했다. 그 무렵 이 만화를 기억하는 이들은 로트레아몽을 함께 읽기 시작했으리라.

두 청년의 고난은 결국 이 세계의 편견과 차별 속에서 이어진다. 나라의 어머니는 술집에 나가는 일을 하다 삶을 마쳤고, 강토 역시 파산한 집안의 자식이었으니 이들은 이 사회에서 정상적으로 성장할 기회를 잃고 말았다. 게다가 방황의 중심에는 장미의 변덕이 중심에 놓여 있다. 존재하는 그 자체로 받아들여지지 않고 반복되는 배신감을 느낄 수밖에 없었던 이들에게 장미의 아름다움은 대상에 대한 차별이라는 굵은 가시와 같았다.

나라는 알 수 없는 혹독한 자기만의 세계를 따라갔고, 그 영혼을 강토에게 전해주기에 이른다. 실현할 수 없는 현실, 나라에게는 자기를 파괴하고 얻은 영혼을 강토에게 전이시키면서 또 다른 현실을 창조하고자 했으리라. 그렇게 나라의 영혼과 강토의 육체는 하나로 이어지게 된다.

파산한 집안의 아들이며 5전 5패에 협회로부터 제명까지 당한 비운의 복서 이강토. 집안을 파산하게 한 자를 향해 폭력을 휘두를 수밖에 없었던 전과자 이강토. 그가 사회에 복귀하기란 거의 불가능에 가깝다. 그러나 다시 만난 나라에 의해 지옥의 훈련을 마치고 돌아온 강토는 자기를 이겨낸 보답으로 WBA 패더급 세계 챔피언을 거머쥐게 된다.

"세상 끝까지 간다고 한들/자기 자신에게서 달아날 수 있으랴!"

바이런의 시구처럼 강토와 나라는 이 세상의 끝에서 자기 자신을 마주했으리라.

강토와 나라는 같은 운명체였다. 현실에 절망한 두 청년은 서로 다른 길로 갈라졌지만, 어느 순간 영혼과 육체마저 하나로 이어지고 있다. 권투 시합을 앞두고 있는 강토에게 노루피라고 전해준 것은 실은 나라의 피였다. 그들은 같은 피가 흐르는 하나의 영혼을 갖게 되었다.

"나는 강토가 아니라 나라야! 그 녀석이 내 몸속으로 들어와버렸어. 마치 악마처럼 내 영혼을 앗아가버렸어!"

나라의 영혼에 사로잡혀 자기를 잃은 듯하지만, 강토는 나라의 영혼을 통해 또 다른 존재로 거듭나고 있었다. 나라는 강토의 육체 속에서 죽음을 넘어섰으며 강토는 나라의 영혼과 함께 불굴의 삶을 헤쳐 나가기 시작한다. 둘 다 자기를 잃은 게 아니라 자기를 마주하고 넘어서는 순간이다.

"차디찬 새벽의 대명사처럼 새하얀 드레스"

나라가 들려준 시 한 구절은 이해하기 어려운 암호와 같다. 그러나 이 시구는 존재의 근원, 그 자체의 순수성을 드러낸다.

"그 시구는 어떤 의미를 감춘 암호가 아니었어. 다만 하나의 이미지… 차갑고 깨끗한 순결의 이미지."

그 이미지를 이해하지 못하기에 감추어진 암호처럼 느껴질 뿐이다. 나라의 시는 한 존재의 절대성, 그 자체로서의 아름다움을 찬미하고 있다. 있는 그대로의 존재, 세상의 편견과 차별을 넘어선 존재 자체의 순수성. 『카멜레온의 시(詩)』는 그런 아름다움을 비로소 말하고 있다.

덜떨어진 나에게, 세상에 나아가기를 두려워한 나에게 이 만화는 큰 용기를 주었다고 해야겠다. 세상의 시선으로부터 나를 감추지 않고 있는 그대로의 나를 바라볼 수 있다는 것은 얼마나 위대한 일인가. 어떤 꿈을 꿀 지 모른다. 내가 내가 아닌 또 다른 내가 되는 어떤 순간이 태어나고 있었으리라.

뒤늦게 맛을 본 살구

"얼마 전에 학교에 가봤는데, 운동장이 정말 작더라."

내가 고등학생 때였을 것이다. 주일학교를 함께 다녔던 초등학교 동창생이 한 말이 오래도록 기억난다. 몇 번이사를 하면서 우리 집은 점점 학교와 멀어지기 시작했다. 아무리 멀어도 나는 집 앞의 가까운 학교로 전학을하지 않고 1시간 가까이 걸어서 가거나 가끔 만원버스를타곤 했다.

초등학교를 졸업하고 나서 그쪽으로 갈 기회가 없었다.

그 이후에도 점점 더 먼 곳으로 이사를 했다. 결혼을 해서 서울을 벗어났고, 다시 서울로 왔을 때는 완전히 정반대의 먼 곳에서 살았다. 그리고 다시 서울에 미련이 없다는 듯이 1호선 전철을 타고 가다가 수목이 보이고 조금 한적한 듯한 곳에서 무작정 내렸다. 계획도 없이 내려서 집을 구했다. 그렇게 내가 자라고 커왔던 곳으로부터 늘 멀어지기만 했다.

대부분의 학교가 그렇겠지만 내가 다녔던 초등학교도 교문을 들어서면 가장 먼저 운동장이 나왔다. 참으로 컸다. 그 운동장에서 점심시간마다 전교생이 몰려나와서 온갖 놀이를 하곤 했다. 체육시간에는 공 하나를 놓고 수십 명이 달려들어 서로의 정강이를 걷어차느라 바빴고, 구름다리를 몇 칸씩 건너가는 키 큰 동급생을 부러워하기도 했다. 사다리 같은 기구에서 떨어져 아랫입술이 찢어진 친구를 데리고 양호실에 가기도 했고, 아침에 교실 청소를 하다가 걸상에 부딪혀 이마에 피가 났을 때도 양호실 침대 위에 누워서 곧 죽게 되리라는 생각에 눈물까지 남몰래 흘렸다.

2학년 때 내 짝은 예뻤다. 예쁜 아이들은 늘 새침했는데, 내 짝은 자기가 예쁜 줄도 모르고 쉬는 시간마다 나에게 온갖 이야기를 해주었다. 나는 말없이 늘 그 애가 들려주는 이야기를 들었다. 3학년이 되었을 때, 서로 반이 나뉘게 되어서 가끔 그 애 소식이 궁금해 다른 반을 기웃거리기도 했다. 그러던 어느 날, 한동안 함께 어울려 놀던 여자애가 나를 찾아왔다.

"걔네집 이사 갔데. 그래서 전학 갔어."

그 애와는 학년이 올라가면서 자연스럽게 만나지 못했다. 내가 쉬는 시간마다 늘 그 애와 친하게 지내는 모습을 보았는지, 뒷줄에 앉았던 여자애가 나에게 특별히 소식을 전해주었다. 그때 나도 조금은 어떤 감정을 느끼기 시작할 나이였을까. 그 무렵이었을 것이다.

"김대중이 간첩이래."

복도를 나와서 실내화를 갈아 신고 집에 가려는 참이었는데, 내 친구가 엉뚱하고 은밀한 이야기를 해주었다. 그때 아마도 나는 김대중이 누군지도 몰라서 뭐라고 딱히 대꾸를 하지 못했을 것이다. 그저 잠깐 친구가 전해주는 소식에 놀라움을 표했던 기억은 난다. 나는 성장이 더딘 아이였다.

1학년 때는 수업을 다 마치지 않고 제멋대로 집에 가곤 했다. 4교시쯤 했던가. 나는 한 3교시 정도 마치고 나서 쉬는 시간에 가방을 매고 집으로 그냥 왔다. 내 모습이 이상했는지 누군가 나에게 왜 가냐고 물었던 것 같다. 나는 재미없어서 간다고 대답했던 것 같다. 선생님도 나를 제재하지는 않았다.

그때 내가 다닌 학교는 참으로 컸다. 학교 뒤쪽에 있던 변소는 컴컴하니 무서웠고, 운동장 한가운데 죽은 자의 뼈가 묻혀 있어서 밤마다 귀신이 나타난다는 전설은 언제 들어도 오싹했다. 그때는 운동장이 참 컸다. 모든 것이 다 컸다.

정작 내가 크고 나니 그 운동장은 작아졌을 것이다. 한 학년을 같이 다녔던 여자애가 학교 운동장이 참 작더라고 한 말을 나는 오래도록 잊지 못한다. 그렇게 작은 곳에서 나는 공포를 느꼈고, 부끄러움을 알았다. 미움도 슬픔도 괴로움도 숨기고 싶은 그 무엇도 다 그 운동장에서 느꼈다. 그런데 그곳이 실은 참으로 작은 곳이었다니.

머리가 조금 커가면서 나는 주먹질을 배웠다. 누가 귀찮게 하기만 하면 바로 주먹을 날렸다. 그게 남자다운 것이라고 생각했을까. 학교 운동장에서 흰 체육복에 고깔모자를 쓰고 먼지 날리는 땡볕에 학급별로 바글바글 앉아 있다가 다른 친구와 어깨라도 부딪히면 여지없이 바로 주먹을 날렸다. 가끔 하굣길에 집에는 안 가고 바둑을 두기도 했던(거의 땅따먹기 수준이었겠지) 친구와 주먹을 겨룰 때도 있었다.

"너 왜 그랬니? 앞으로 싸우지 마."

앞에 앉아 있던 여자애가 뒤를 돌아보며 나에게 걱정 어린 눈빛을 보냈다. 공부도 잘하고 참 예쁜 아이였다. 너무나 예쁘고 조신해서 누구도 말 한마디 선뜻 못 부치던 아이였다. 나는 그 애가 나를 좋아해서 진심으로 나를 걱

66

정해주는 줄 알았다. 이상한 일이었다.

"걔가 먼저 싸움을 걸잖아."

나는 한껏 낮은 목소리로 불만을 이야기했다. 왜 그랬을까. 한 학년 동안 그 애와 나눈 대화는 딱 한마디뿐이었다. 곰곰이 생각해보니 그 애는 내가 아니라 나와 주먹을 겨뤘던 녀석을 좋아했던 것 같다. 그러니까 나는 그때 그애에게 혼나고 있었던 것이다. 그러지 말라고.

그래서인지 정확히 나도 모르겠지만, 그 이후로 주먹을 내미는 일은 없었다. 딱 한 번만 빼고는.

5학년 때였다. 담임선생님은 체육을 전공한 분이었던 것으로 기억한다. 선생님은 싸울 일이 있을 때, 결투 신청을 하고 허락을 받은 후에 싸우라고 했다. 좁은 교실은 늘 다툼이 끊이지 않는 법이다. 아무 때나 막 싸우고 난장판을 만들지 말고 정정당당하게 이유 있는 싸움을 하라는 뜻이었을까. 그런 담임선생님이 남자답다고 생각했다.

나와 이름이 같은 녀석이 있었다. 출석을 부르거나 채점한 시험지를 돌려줄 때 이름을 부르기 마련이다. 그래서 선생님은 이름이 같은 우리들을 크고 작은 것으로 구분해서 불렀다. 물론 나는 왜소했다.

채점한 시험지를 나눠주면서 선생님은 나에게 이름도 같은 녀석이 점수까지 똑같네, 이러셨다. 큰 녀석은 부모가 모두 학교 선생님이었고, 집도 잘살았다. 뭘 먹고 자랐는지 덩치도 반에서 제일 컸다. 우리는 가끔 점심시간에 운동장에서 함께 어울려 놀기도 했지만, 사는 동네도 다르고 그리 가깝게 지내지는 않았다. 편이 모자랄 때나 가끔 어울렸다.

어느 날이었다. 과학 실험실에서 이상하게 시비가 붙었다. 그럴 이유가 전혀 없었다. 한창 결투 신청이 유행하던 때였다. 괜히 큰 녀석이 나에게 결투 신청을 했다. 이유가 전혀 없다. 그렇지만 결투 신청을 받지 않는 것은 비겁한 일이다. 실험실 안에서 이상한 분위기가 만들어지고 있었다. 주변에 있던 녀석들이 결투, 결투 외치면서 싸움을 공식화했다. 이를 지켜보던 선생님은 아무 말이 없었다.

나는 결투장에 끌려 나갔다. 반 아이들이 우르르 몰려

들어서 나를 데리고 운동장 모래판으로 갔다. 덩치 큰 녀석이 씩씩거리고 있었다. 그런데 싸움의 이유가 딱히 없다 보니 뭐라고 불만을 잔뜩 쏟아내야 하는데, 서로 두 주먹만 불끈 쥐고 있을 뿐 딱히 뭐라 할 말이 없었다. 까불지 말라고, 서로 성을 낼 뿐, 참으로 이상한 싸움이었다. 아이들은 모래판을 둘러싸고 아우성이었다. 점점 싸움판이 무르익기 시작했다.

"퍽. 퍽퍽퍽!"

아무것도 보이지 않았다. 나는 덩치 큰 녀석의 넓적한 얼굴을 향해 마구 주먹을 날려댔다. 휘두르는 게 아니라 그냥 앞으로 쭉쭉 뻗어낸 펀치였다. 내 주먹이 너무나 빨랐던 것일까. 나는 거의 얻어맞지 않았다. 왜냐면 주먹 몇 번에 덩치 큰 녀석의 코에서 찍 코피가 터졌기 때문이다. 어린 애들의 싸움을 결정짓는 것은 바로 코피다. 누가 먼저 코피가 터졌느냐에 따라 승패가 갈린다. 덩치 큰 녀석이 코피를 흘리자 주위에서 아우성을 치던 아이들이 모래판으로 달려들어서 나를 들어올렸다. 내가 싸움에서 이겼다고 환호성을 치고 있었다. 자연스럽게 싸움은 끝났다. 내가 주먹을 재빠르게 몇 번 날리고 떨어져서 다시 한 판 더 붙었다면 아마도 나는 덩치 큰 녀석의 몸뚱이에 깔려서 흠씬 얻어맞았을지도 모른다.

아이들이 나를 둘러싸고 환호성을 쳤다. 내 작은 몸을 번쩍 들고서 헹가래까지 쳤다. 그때 내 눈에 눈물이 살짝 고였다. 내 몸이 헹가래쳐지면서 공중에 붕 떠올랐을 때, 멀리서 담임선생님이 지켜보고 있는 모습이 보였다. 계단 위 높은 곳에서 다 내려다보고 있었다. 내 눈가에 맺힌 눈물방울을 눈치 챈 것은 오로지 담임선생님뿐이었다. 아이들은 작은 영웅을 데리고 환호성을 치느라 정신이 없었다.

담임선생님은 비겁했다. 내 승리를 인정하지 않았다. 내 눈물방울을 비아냥거리는 투였다. 담임선생님은 늘 차별적이었다. 부모가 의사거나 좋은 직업을 가진 부자 아이에게 늘 친절했다. 가난한 학생들에게는 냉혹했다. 혼을 낼 일이 있을 때면 가난한 집 아이들에게는 지나칠 정도로 수치심을 주었다.

그날 마지막 수업은 체육이었다. 운동장에서 수업을 마치고 교실로 돌아가서 종례를 하면 끝이었다. 그런데 싸움에 진 덩치 큰 녀석이 다시 결투를 신청하겠다고 했다. 나는 더이상 싸워야 할 이유가 없었다. 싸움에서 진 녀석이 억울할 수는 있지만, 그렇다고 자발적으로 흠씬 얻어터지러 따라나설 수는 없었다. 그래서 빨리 집에 가야 한다고 싸움을 피했다. 담임선생님은 아무런 말도 하지 않았지만, 그렇다고 결투 신청을 부정하지도 않았다. 그렇다면 학교가 끝나고 다시 싸움이 시작되는 것이다. 그게 두려웠다. 덩치 큰 녀석보다도 그와 어울리는 친구들이 더 무서웠다. 그때 우리 반의 반장은 '짱'을 먹는 녀석이었다. 내가 코피를 터뜨려준 덩치 큰 녀석은 그와 단짝 친구였다.

물론 내게도 믿을 만한 친구가 있었다. 진정한 '전교 짱'이 내 친구였다. 그 친구는 나보다 몸집이 더 작았다. 참왜소했다. 그리고 가난한 집 아이였다. 어디서 익혔는지 그는 누구도 건드리지 못할 만큼 싸움으로 명성이 자자했다. 그때까지 나는 그가 싸운 것을 한 번도 본 적이 없었다. 나중에 딱 한 번 본 적은 있다. 자기보다 키가 거의 두 배쯤 되는 친구와 시비가 붙었을 때 그의 주먹이 아래에서 위로 번개처럼 어퍼컷을 몇 번 날리고 싸움이 끝난 것을 코앞에서 본 적이 있다. 단 3초도 안 돼서 싸움은 끝났다. 당연히 키가 두 배쯤이나 큰 녀석이 나가떨어졌다.

그 친구가 내 하굣길에 동행을 해주었다. 모래판에서 가장 먼저 내 팔을 들어 올리며 환호성을 지르던 녀석이었다. 그러지 않았으면 몇 녀석이 내 뒤를 따라붙어서 골목으로 끌고 갔을지도 모른다. 싸움에 이겼지만, 나는 점점 더 초라해지고 있었다. 나는 학교 운동장에서 내가 얼마나 보잘것없고 나약한지 알게 되었다. 나는 더이상 자라지 않았다. 운동장만 더욱 커져 있었다.

학교에 가는 일이 큰일이었다. 다음 날 무슨 일이 벌어질지 알 수 없는 일이었다. 집에 돌아와서도 나는 내내 근심에 사로잡혀 있었다. 바닥만 내려다보면 느릿느릿 집에 돌아오고 있을 때였다. 작은 시장을 지나치게 되었는데, 과일을 담은 고무 함지에 가격표가 적혀 있었다. 내 호주머니에 들어 있던 돈과 과일값이 일치했다. 그래서였는지 나는 그 과일을 한 봉지 샀다. 호떡을 담는 봉지보다 작은 봉지에 과일 몇 개를 담았다. 처음 보는 살구였다. 색이 곱고 예뻐서 한 입 먹어보고 싶었다. 내가 좋아하던 핫도그 파는 포장마차가 문을 닫아서였을까. 나는 처음 본 살구를 샀다. 먹고 싶은 마음이 들어서 샀지만, 막상 근심에 사로잡혀 있어서 그랬는지 입맛이 동하지 않았다. 작은 종이봉지를 그대로 들고 터덜터덜 걸어서 집에 왔다. 하굣길에 동행해준 친구에게 줘야겠다고 생각하면서 그날 일찍 잠들었던 것 같다.

학교는 멀었다. 작은 종이봉지를 들고 늦을까 싶어 열심히 걷고 있었다. 그때 뒤에서 뭐야, 하며 누가 내 등을 쳤다. 어제 나와 결투를 벌였던 덩치 큰 녀석과 짱 먹는 반장이었다. 무슨 드라마도 아니고, 왜 하필 그때 나타났던가. 나는 속으로 꽤나 놀랐지만 내색을 하지 않으려고

애썼다. 내가 들고 있는 종이봉지에 뭐가 들었냐고 다시
녀석들이 물었다. 나는 살구라고 했다.

"나 좀 줘."

나는 선뜻 종이봉지를 건넸다.

"먹어."

녀석들은 내가 준 살구를 받아들고 즐거워했다. 우리는
함께 등교를 했다. 어제 아무 일도 없었다는 듯이 장단까
지 맞춰가며 함께 걸었다. 아이들의 일이란 지나가면 끝
이다. 그러나 어떤 이에게는 지나갈 수 없는 기억이 되기
도 한다. 살구 봉지를 건네며 어제의 다툼은 모두 사라져
버렸지만, 그래도 남아 있는 것이 있었다.

나는 그때 이후 살구를 본 적이 없다. 물론 먹어본 적도
없다. 혹시나 살구에서 코피 냄새가 나면 어쩌나 싶어서
그랬을까. 물론 그런 것은 아니다. 다만 그 운동장을 지켜
보고 있던 어떤 비열한 눈빛이 자꾸만 떠올라서라면 이유
가 될 수도 있을 것이다. 살구 때문에 근심을 다 잊게 되
었다면 조금은 과정일 것이다. 다시 내게 살구가 필요하

지 않았을지도 모른다.

"살구꽃을 처음 봤지 뭐야. 얼마나 예쁘던지."

어느 작가가 살구꽃을 보았다고 호들갑을 떨 때, 나는 이해할 수 있었다. 나도 아직 살구꽃을 보지 못했으니까.

다 지나간 이야기다. 커다랗기만 하던 학교 운동장도 이제는 작디작아졌다. 그때 친구들의 이름조차 기억나지 않는다. 내가 살구를 처음 맛본 것은 라다크의 한 사원에서였다. 노스님은 자신의 방에 낯선 이방인들을 초대해서 갓 딴 살구를 내오셨다. 세 알 이상 먹지 말라고 하셨다. 배탈 난다고. 그때 처음 맛을 보았다. 소리도 없이 살짝 두 쪽으로 쪼개서 씨를 빼고 한 입 그대로 먹어본 살구 맛은 달았다. 촉촉하고 향긋했다. 무엇인가 용서하는 맛이라고 하면 내가 좀 지나친 것일까. 살구 맛은 아늑했다. 그 맛을 히말라야 산맥의 끝자락에 가서야 처음 알게 되었다.

둘

그렇게 울어서 또 자기를 낳으려고

몇 년 전에 집필실을 얻어서 두어 달 머문 적이 있다. 봄이었지만 길가에 눈이 가득 쌓여 있는 곳이었다. 세상과 달리 창밖에는 높은 산이 가끔씩 구름을 이고서 고요할 뿐이었다.

한 달쯤 지나자 이곳에도 느짓이 봄이 오고 있었다. 잠시 열어둔 창문 밖에서 어느 날인가부터 밤새 울음소리가 들려왔다. 참으로 괴이한 소리였다. 마치 부상당한 무장공비가 들킬 것을 뻔히 알면서도 이쪽 능선에서 저쪽 능선으로 안타까운 신호를 보내는 듯이 여기서 한 번 꿔억 소리가 울리면 저쪽 어느 편에선가 꿔어억 받아치는 울음소리가 들려왔다.

창문을 활짝 열고 바깥을 내다보았다. 자정을 넘어 세상은 온통 어둠뿐이었다. 날짐승이 우는 것 같았다. 먹이를 찾아 나온 고라니였을까. 아니면 내가 전혀 모르는 산짐승이었을까. 그 울음소리를 따라 숲의 어둠이 묻어왔다. 가만히 듣고 있으니 어딘지 모르게 무서운 한기마저 느껴졌다.

창문 가까이 다가가 아이폰을 켜고 그 울음소리를 녹음했다. 소리는 매우 작게 녹음되었다. 컴퓨터로 파일을 옮기고 사운드 에디터를 이용해서 소리를 증폭하고 미세한 잡음을 제거했다. 맑은 울음소리만 남았다. 인터넷 사이트를 검색해서 온갖 동물들의 소리를 모아놓은 곳을 찾았다. 녹음한 파일을 반복 재생해놓고, 사이트에 올라온 리스트를 하나하나 클릭하면서 소리를 대조했다. 수백 종의 울음소리를 찾아보았지만 어느 하나 일치하는 게 없었다.

그렇게 하룻밤이 그대로 지나갔다. 새벽이 다가올 무렵부터는 창밖에서 울음소리가 들려오지 않았다.

"어젯밤엔 더 극성들이더라."

식당에서 아침을 먹고 있을 때였다. 옆자리에 앉아 있던 아주머니들이 밤새 시끄러워 잠을 못 이루었다는 얘기를 나누고 있었다.

"그게 대체 무슨 소리였어요? 고라니 아닌가요?"

동네 아주머니들이 그 울음의 정체를 알고 있으리라는 생각이 들자 대뜸 낯을 가릴 새도 없이 물어보았다.

"개구리지 뭐예요. 이맘때면 온 동네가 시끄러워요."

나는 밤새 뭔가 대단한 짐승이 나타난 줄 알았다. 그러나 개구리였다. 개구리라니! 어느 멸종위기종이 산자락 아래까지 내려와 배고파 우는 줄 알았다. 내가 전혀 들어보지 못한 이름을 가진 신비로운 짐승이 나타난 줄 알았다. 조금 실망스러웠다. 개구리라니!

그러고 보니 그 울음소리는 아름답지 않았다. 뭐 저런 엉성한 소리가 다 있을까 싶었다. 발성 기관이 없는 짐승이 목에 걸려 나오지 않는 소리를 애써 뱉어낸 것 같은 소리였다. 밤새도록 정체를 찾으려 했던 수고 때문인지 지난밤의 울음소리는 더욱 괴이하고 안타까운 소리로 전락하고야 말았다.

식당을 나와 근처에 물이 고인 웅덩이를 들여다보았다. 눈 녹은 물이 조금 고여 있었다. 색 바랜 갈색 낙엽들 사이에 뭔가 납작 엎드려 있었다. 개구리였다. 썩어가는 낙엽과 비슷한 색이었다. 징그러웠다. 한 마리 개구리가 다른 개구리 등 뒤에 들러붙어서 꿈쩍을 하지 않았다. 가까이 다가서자 그제야 달아나려는 듯이 꿈틀거렸지만, 몇 걸음 못 가고 무거운 몸을 낙엽 사이로 숨길 뿐이었다.

그날 밤에도 역시 밤새 개구리가 울었다. 자기가 무엇인지 알 수 없어서 그렇게 우는 소리 같았다. 자기가 무엇인지 알 수 없기에 그렇게 울어서 또 자기를 낳으려 하고 있었다. 처량했다. 축축한 진흙 속에서 덜컥 내가 태어날까봐 두려웠다.

고라니라니!

강가 도로에 지나다니는 차량이 드물다. 갯버들 위로 가끔 백로가 날아가는 게 전부다. 풀을 뽑겠다고 땡볕에 나온 농부가 보일 리가 없다. 그래도 드물게 차가 지나가고, 강 너머 집 안에도 누군가 한입 가득 수박을 깨어 물고 있을 것이고 산자락을 따라 온갖 살아 움직이는 소리가 모이고 모여서 한낮을 가득 채울 것이다. 웅얼거리는 소리처럼, 뭔가 조용히 웅성대는 것처럼, 아무도 모르게 바스락 마른 풀을 밟고 지나가는 소리도 모이고 모여서 산과 산 사이의 강가로 죄다 흘러들 것이다.

밤이 되니 강물 흐르는 소리가 잘 들린다. 나무 그늘 아래 작은 돌 위에 오래 앉아 있으면 바람이 얇은 비단 자락처럼 잠시 펄럭이는 사이로만 희미하게 들리던 강물소리가 밤에는 오래오래 들린다. 광목천을 빨아서 빨랫줄에 널어놓은 것처럼 저편 어둠 속이 맑다. 그런데 밤에는 적막할 것 같지만, 실은 그렇지가 않다. 밤에 깨어나는 온갖 생명들이 가득하니 적막은 어디에도 없다.

있다면 저물녘일 것이다. 해가 서쪽 산 위에 걸릴 무렵부터 밤이 깊어지기 전까지, 하늘이 짙은 푸른색으로 내려앉을 때가 이상하게 적막하다. 부끄러운 일이지만, 아침잠이 깊어서 푸른 새벽의 고요를 잘은 모른다. 아마도 저물 때와 비슷하지 않을까 추측할 뿐이다. 실은 내게 새벽은 그리 고요하지 않다. 밤새 어둠을 다 건너지 못하고 뭔가 다급해지는 때가 이른 새벽이다. 곧 해가 밝을 것이기 때문이다. 해놓은 게 없으니 아무리 동쪽 산이 높다 한들 두려움은 쉽게 가시지 않는다.

그러니까 내게 가장 고요한 때는 저물녘이다. 낮과 밤이 바뀌는 데는 시간이 필요하다. 그 간극에 적막이 있다. 낮은 물러나고 밤이 건너오는 그 순간을 바라보는 게 좋을 때가 많다. 그때는 멧새도 이 가지 저 가지 날아들며 울지 않고, 심지어 개미조차 발걸음을 조심스럽게 내딛는다. 쇠똥구리도 그때만큼은 제 몸집보다 큰 똥덩어리를 굴리지 않는다. 그 적막이 아름다운 것은 고요해서만은 아니다. 뭔가 긴장이 있기 때문이다. 살아 있는 것들의 일방적인 황홀이 아니라 살아가야 하는 저 길고 긴 시간이 절반쯤은 아니더라도 어둠 속에서 쉴 수 있는 시간으로 셈할 수 있기 때문이다. 밤에 잠들어야 하는 쪽에서는 더욱 그렇다.

더이상한 것은 낮과 밤이 뒤바뀐 나 같은 사람에게는 저물녘의 적막이 또 다르게 다가온다. 나에게 밤은 매우 활기차다. 삼십 년 가까이 거의 대부분의 시를 어둠 속에서 썼고, 어둠 속에서 괴로워했으며, 나의 충만한 자존을 어둠으로부터 배웠다. 해 질 무렵이 내게 긴장으로 느껴지는 이유는 빛과 어둠을 모두 살 수 있기 때문이 아닐까.

강물이 마른 돌을 적시며 흘러가고 몇 걸음쯤 뒤로 물러서서 군락을 이룬 갯버들 위로 강물 흐르는 소리가 건너온다. 딱 고정되어 있지 않고, 뭔가 끊임없이 흐르는 소리. 어둠 속에 녹슨 못이라도 하나 박아놓고 몰입하는 것이 아니라 아무것도 보이지 않는 시선처럼 부딪치지 않고 산란하며 어디로든 스며들어 내려앉는 그 소리. 밤에 들리는 강물소리는 그렇다.

그 강물 흐르는 소리를 가만히 듣다 보면 어둠을 홀라당 날려버리기 일쑤다. 뭐라도 해야 한다. 날이 밝기 전에 한 문장을 더 써야 한다. 저 흐르는 소리를 따라가는 마지막 문장을 완성해야 한다. 강물이 흘러가는 소리를 문장 위로 옮겨 놓으면 얼마나 좋을까. 그렇지만 그것은 내 몫이 아니다. 그래본 적도 없고, 그래야 할 필요도 못 느낀다. 밤에 흐르는 강물소리에는 긴장이 없다. 그것만으로는 부족하기 때문이다. 뭔가 바짝 조이는 게 필요하다. 팽팽하게 당겨지는 뭔가가 있어야 한다.

"궤에에엑."

이상한 소리가 들려온다. 잠시 뒤에 또 들려온다.

"개에에에에엑."

주변에 민가 몇 채 없는데, 수풀 속에서 저 어둠의 중심에서 괴상한 소리가 들려온다.

"강가에서 누가 술 마시나?"

사람의 목소리다. 그것도 여자의 목소리다. 이십 대는 아니고, 삼십 대 후반쯤일까. 목이 쉬었다. 조금 굵고 걸걸하다. 초저녁부터 마신 술에 온힘을 다해 어떤 원망을 단 한마디 울부짖음으로 내지르는 저 목소리. 처음은 아니다. 너무나 익숙한 목소리다. 다세대 주택에 살 때, 가끔 어디선가 골목 끝에서 들려오던 목소리였다. 새벽마다 반지하방에서부터 온 동네에 울려 퍼지던 누군가의 괴성. 울부짖음. 자기의 내부를 갈가리 찢어서 한 덩어리로 내뱉어 던져놓으려는 자의 설움. 그런 목소리를 들어본 적이 있다.

사람이다. 분명 사람의 목소리다. 괴성을 지르며 점점

수풀을 헤치고 내 방 근처까지 다가오고 있다. 나는 문고리를 돌려보고 자물쇠를 다시 확인해본다. 한 명이다. 저 술 취한 여자가, 어쩌면 미친년일지도 모르는 어떤 여자가, 무엇인가 한이 맺혀서 수풀 속을 미쳐 나돌아 다니는 누군가가 지금 내 방 근처로 다가오고 있다. 귀신일까. 설마.

"케에에에엑."

원한 맺힌 귀신이 밤마다 떠도는 것은 아닐까. 점점 울부짖는 소리가 가까이 다가오고 있다. 그때 괜히 두려워져서 문자 메시지를 써본다. 아닌 척, 에둘러대며 아무나 불러본다.

"새벽 두 시에 닭이 우네요."

잠시 뒤에 답장이 온다. 여차하면 여기로 구조신호를 보내면 된다.

"제일 미운 목소리는 고라니예요. 얼굴은 사슴관데."

어, 이게 고라니 우는 소리였던가. 고라니. 고라니라니. 맞다. 고라니다. 고라니가 예쁘게 울 것이라고는 생각하

지 않았지만, 이 정도였을 줄이야. 울음소리가 점점 멀어

진다. 고라니가 강가로 갔는지 강물소리를 따라서 울음소

리도 멀어진다. 이제 들리지도 않는다. 나도 지금 강물소

리를 따라가고 있다. 당신으로부터 멀어지고 있다.

라다크에서

전날, 레

지나가는 여행길에 골목이나 허름한 작은 식당에서 짜이 끓이는 모습을 어깨너머로 보고 싶었다. 뜨거운 짜이한 잔 받아들고, 그 맛을 기억해두었다가 저녁에 숙소에들어가서 내가 끓인 짜이와 맛을 비교해보려고 했다. 인도에 다녀온 지 몇 년이 지나서인지 현지에서 마신 짜이맛이 기억나지 않았다.

차와 음식을 직접 요리하면서 낯선 땅에 조금이라도 더 가까이 다가갈 수 있을지 모르는 일이다. 오지일수록 현지의 차를 많이 마시라는 이야기를 어디선가 들은 적이 있다. 이제는 직접 현지의 차를 만들어 보고 싶었다. 그런다고 조금이나마 현지인이 될 수 있으려나. 그럴 일은 없겠지만, 나는 여행이 아니라 또 다른 일상을 살아보고 싶었다.

라다크에 도착한 첫날은 무조건 아무것도 하지 않고 숙소에서 휴식을 취해야 한다. 짧은 여행 일정 때문에 괜히 여기저기 둘러보겠다고 길을 나섰다가는 고산증에 걸리기 쉽다. 해발고도 3,500미터쯤 되는 라다크 중심도시 레에서 충분히 휴식을 취하지 않으면 고산증 때문에 고통스러워할 것이다. 고산증은 지독한 숙취와 비슷하다고 한다. 참으로 견디기 힘든 일이다. 그러니 숙소에서 주는 밥만 잘 챙겨 먹고 하루를 지내야 한다.

라다크에 도착한 다음 날 저녁에 하늘호수 판공초로 떠나기 위해 시장에 가서 이것저것 음식재료를 샀다. 원

통형 부탄가스를 팔지 않아서 몇 군데 더 상점을 들러야 했다. 다행히도 부탄가스를 구할 수 있었다. 판공초에서 모닥불에 맥주닭을 만들기 위해 닭고기와 캔맥주도 샀다. 그리고 나는 식료품 가게에서 짜이를 만들 재료를 구했다.

"짜이 만들 때 들어가는 재료 주세요."

중년의 인도인이 상점 주인이었다. 나는 다시 한 번 말했다.

"짜이요."

그는 잠시 내 얼굴을 바라보았다.

"티?"

"예스. 마살라 짜이. 마살라 티."

조금 의외였다. 짜이라고 부르지 않고 그냥 티라고 했다. 마살라 티.

"카다멈, 밀크, 슈가……. 음……."

또 뭐가 있을까.

"시나몬."

그리고 또 뭐가 더 있을 것 같았다. 아, 정향.

"정향이 영어로 뭐지? 몰라?"

뒤에서 기다리던 일행들에게 물어보았지만, 정향을 영어로 뭐라 하는지 알 턱이 있나. 상점 주인장은 오래된 철제 상자를 열어서 카다멈을 꺼냈다. 추를 단 작은 저울에 올려놓고 무게를 쟀다. 그리고 다른 철제 상자를 꺼내서 무엇인가를 꺼냈다. 분명 정향이었다. 내가 집에서 짜이를 끓일 때 한 번도 사용해보지 못한 정향.

"이걸 뭐라고 부르나요?"

"클로브스."

"클로브스?"

"L, O, V, E, S."

나는 주인장이 불러주는 스펠링을 하나하나 따라서 발음했다.

"러브스?"

"클로브스."

옆에서 듣고 있던 한 사내가 다시 스펠링을 정정해주

었다.

"C, L, O, V, E, S."

그러자 주인장이 자신이 C를 빼먹었다고 또 스펠링을 불러주었다. 옆에 있던 사내가 나보고 짜이를 만들 줄 아느냐고 물었다. 그렇다고 대답했다. 그는 놀라워했다. 나도 내가 놀라웠다. 식재료를 사는 데 설레기까지 하다니!

다음 날, 창라

세상에서 세 번째로 높다는 창라를 향해 가는 길이었다. 일행 중 볼일이 급한 이가 있어서 길가에 차를 세웠다. 마침 인가가 있어서 화장실을 이용하려고 했다. 그러나 집주인은 외부인의 접근을 거부했다. 한 50미터쯤은 될까. 그쯤 멀찍이 떨어져 서 있는데 집주인은 몹시 경계하며 손사래를 쳤다. 고함까지 치는 듯했다. 꽤 화가 난 듯이 외부인을 꺼리는 게 분명했다.

왜 라다키들이 외부인의 접근을 기피하는지 느낌만으로 알 수 있었다. 온갖 여행자들이 모이는 레에서는 느낄 수 없었지만 현지인이 사는 마을을 지나가면서야 비로소 현실을 마주할 수 있었다. 전기가 들어오고, 도로가 깔리고, 돈이 들어오면서 라다키들의 삶은 위협을 받게 되었을 것이다. 스마트폰과 카메라와 온갖 새로운 문명을 접한 아이들은 둘러봐야 보릿대밖에 없는 척박한 땅에서 벗어나려고 할 것이다. 문명은 주변의 모든 것을 도시로 끌어들인다. 도시를 유지하기 위해 더 넓은 인근 지역을 파괴하게 된다.

라다크 마을들은 외지인의 발걸음을 쉽게 허락하지 않는다. 구경거리로 전락하는 정도가 아니라 그들의 삶의 방식 자체가 위험에 처하게 되기 때문이다. 단 한순간의 손사래만으로도, 멀찍이 떨어져 다급하게 거부하는 목소리만으로도 모든 것이 이해되기 시작했다. 가까이 다가서지 말자. 괜한 에피소드 하나쯤 챙기려고 불쑥 그들의 삶에 끼어들지 말자. 나는 지나가는 사람일 뿐이다. 이곳에

책임을 다할 수 없는 사람이다. 일행들은 가는 길 내내 여행자의 자세에 대해 이런저런 의견을 나누고 있었다.

창라를 향해 가는 길은 고원의 굽잇길을 돌고 돌아서야 갈 수 있는 험로였다. 차창 밖은 그대로 허공이었다.

"심장이 쫄깃해지네요."

돌아오는 차량을 만나는 경우에는 길을 비켜주느라 절벽 가까이 차를 붙일 수밖에 없다. 멀리 보이는 설산과 초록의 계곡을 건너다보지 않고는 가파른 절벽 길을 오르지 못할 것이다. 이런 길에서 차량이 절벽으로 굴러 떨어져 여러 사람이 죽었다는 이야기는 숱하게 들어왔다. 고원의 산맥은 계곡 사이로 흘러내린 눈 녹은 물줄기가 작은 내를 이루어 초록으로 가득했다. 그 사이사이에 모여 있는 마을이 보였다. 그러나 저 아름다운 곳으로 발걸음을 옮기는 순간, 초록의 계곡은 사라지고 말 것이다. 멀리서 바라보아야 한다. 다가서는 그때 모든 것은 슬픔 속에 사라지고야 말리라. 내가 그렇고, 또 저이들이 그러할 것이다.

수많은 길 가운데 어느 한 곳에 나는 서 있었다. '라다크

(Ladakh)'는 여러 개의 길이라는 뜻이다. 길의 복수형이 라다크다. 아래로는 히말라야와 위로는 카라코람산맥이 가로막힌 라다크는 고립된 곳이 아니라 여러 개의 길이 모이고 뻗어나가는 곳이다. 고원의 가파른 산자락을 타고 수많은 길이 이어져 있다. 길 아닌 곳조차도 누군가 길을 만들어 갔으리라. 소금가마니를 실었을까. 잘 빻은 보릿가루를 짊어졌을까. 눈이 크고 순한 짐승의 잔등에 짐을 싣고 설산을 넘어가던 오래된 길이 어딘가에 숨겨져 있으리라. 수줍은 아내의 손가락에 끼워줄 은가락지를 만들기 위해 말린 살구 한 포대를 들고 깊은 마을의 대장간을 찾아 들어갔으리라. 그 길에 살구꽃이 한창 흩날렸으리라.

내가 가는 길이 라다크다. 여러 개의 길, 그 가운데 어느 한 길 위에 나는 있다. 5,000미터를 훌쩍 넘는 창라의 높은 하늘에서부터 내려가는 길이 구불구불 보였다. 사람이 지나가는 길이 아름답다는 생각은 처음이었다. 이 높은 곳에서 숨이 가쁘지 않았다. 심장이 뛰지 않았다. 바람으로 경전을 읽고 있는 타르초와 룽다가 높은 하늘을 조금 더 가까이 붙들고 있었다. 아름답다는 생각뿐이었다. 창라 위에 모인 사람들조차 고요했다. 내려가는 길이 보여서 더욱 그러했으리라.

그리고, 판공초

창라를 넘어서 도착한 판공초는 시원의 모습을 그대로 간직한 듯했다. 멀리서 보이기 시작하는 호수의 빛깔은 도저히 이 지상에서 찾을 수 없는 경이로운 푸른빛으로 찬란했다. 3,200미터급의 도시 레에서도 희박한 산소 때문에 숨이 가쁘고 간간이 두통에 시달렸는데, 무려 5,600미터나 되는 고개를 넘어 4,200미터에 이르는 호수에 도착했으니 감회가 남다르지 않을 수 없었다. 고산지대에 큰 무리 없이 적응할 수 있다는 안도감이 몰려들자 이쯤 되면 라면 하나 끓여야 한다고 다들 나를 바라보았다.

"딱 지금이야."

그랬다. 그때였다. 숨 좀 쉴 만하니 온몸이 평안해지고 나른해졌다. 고산증 때문에 판공초에 도착하자마자 실신했다는 사람도 있었다. 심장이 멈추고, 피가 온몸에 제대로 돌지 않아 사경을 헤매면서 레까지 다시 실려 왔다는 이야기를 숱하게 들었다. 다행히도 누구 하나 이상 증세를 보이지 않았다. 안도감이 밀려왔다.

라면 하나 못 끓이는 사람은 없다. 아니, 모두들 라면이라면 제각각 자신만만한 조리법을 갖고 있다. 라면을 끓여온 지가 어느 세월이던가.

"형, 텐트 좀 걷고 해요. 안에서 숨이 차는 것 같아. 불이 산소 다 태워버리잖아."

"괜찮아. 이 정도로 뭘."

그러나 망했다. 나는 세상에서 가장 맛없는 라면을 끓이고야 말았다. 맹탕이었다. 일부러 이렇게 끓이기도 쉽지 않을 것이다. 최악이었다. 바닥에 쭈그리고 앉아서 낯선 도구를 이용해 조리를 하다 보면 가장 잘하는 음식도

망치기 마련이다. 여행 중에 티스푼을 잃어버리고 나서 차 한 잔 타는 것도 쉽지 않을 때였다. 그래도 나는 믿었다. 여행이 아니라 나는 내 삶을 살고 있다고. 낯선 것이 아니라 이게 내 일상이라고. 다 잃은 자는 오로지 자기 자신만을 믿게 된다.

라면이나 끓이려고 판공초까지 오지는 않았다. 실은 라면이라도 끓이지 않았으면 잔물결로 밀려드는 온갖 상념들을 이겨내지 못할 것이다. 그러나 아무리 그래도 라면만 끓이고 있을 수는 없지 않은가.

호숫가를 따라 조금 걸었다. 야크 무리가 돌밭의 풀을 뜯고 있었다. 잔물결이 말갛게 치고, 호수 건너 산맥은 믿음직스러웠다. 그 앞에 낮게 앉아 있으니 하늘도 호수도 서로 구분이 없었다. 그 자락에서 잔물결에 손길을 내어주는 내가 있어 하늘이고 호수로 다시 돌아가고들 있었다. 그 하늘호수에서 잔물결에 놓인 돌 하나를 누군가 주워들었다. 나는 빈 물결, 내 손 하나뿐인 사람으로 앉아 있을 뿐이었다. 등 뒤로 해가 기울었다. 푸른 호수가 어둠을 받아들여 고요히 어둠으로 차오를 때였다. 호수 건너 높은 설산 위로 만월이 떠오르고 있었다. 내 손에 누군가 돌 하나를 쥐여 주었다.

밤새 만월이 지나가고 나자 판공초 위에 샛별이 하나 가만히 남았다. 나도 남았다. 그리고 시 한 편이 남았다. 판공초도 나도 시 한 편도 가만히 그 자리에 남아들 있었다.

　　잔물결 하나 없이 고요할 수는 없다

　　삼엽충은 무슨 생각을 했을까

　　삼엽충을 생각했을까

　　누군가 가만히 오래된 물결에 손을 내밀다 말고

　　돌을 고른다

　　나는 빈 물결만 바라보고 있다

　　지금 없는 사람은 없는 사람이다

　　달이 떠오르기 전에 잠시

어둠이 펼쳐지겠지

며칠은 내내 그랬으니까

유라크 나무 사이의 어둠 속에서 걸어나온 사내가

곧 달이 뜰 거라고 말했으니까

어젯밤 옥상 위에서

오래된 밤을 바라보았으니까

누가 나를 꿈꾸기를

작은 돌들이 물결에 떠오르다 말고 가라앉았다

지금 기다리는 사람은

기다리는 사람이다 그뿐

젖은 돌은 젖은 돌이 되려 하고

줄기러기는 줄기러기로 떠나갔다

오늘밤에는 뭘 할 수 있을까

옷소매가 길어 손등을 덮었다

자주 팔뚝을 쓸어 올려 설산 너머 팔이 길어져도

긴 옷소매가 흘러내려 이내 손등을 가렸다

두 손으로 만질 수 없는 것들

아무것도 아닌 것들만 나를 에운다

혼자였다면 죽은 사람이었을 거라고

누가 모닥불을 피운다

내가 아는 말로 나는 가까스로 말할 수 있을 뿐

다 지우고 나자 내 손에 돌 하나 쥐어 있었다

빽

— 투루툭 마을

라다크 사진을 여러 장 살펴보고 있으니 마치 내가 이 세상에서 가장 아름답고 신비로운 곳을 여행하고 온 듯합니다. 그러나 마음은 그리 편치 않습니다.

마지막 오지라는 투루툭 마을의 게스트하우스에 짐을 풀고 이층 계단 앞에 앉아서 마을 풍경을 건너다보고 있을 때였지요. 무슨 소리가 들려서 좁은 골목 아래를 내려다보니 한 꼬마가 나에게 뭐라고 말하는 것이었습니다.

교복을 입은 걸 보니 학교 다녀오는 길이었나 봅니다.

아이는 나를 빤히 올려다보고 있었습니다.

"뻭."

"왓?"

"뻭."

그 순간 나는 가슴이 철렁 내려앉았습니다.

"고 뻭?"

"뻭."

꼬마 녀석이 나를 향해 돌아가라고 하는 줄 알았습니다. 올 것이 왔구나 싶었습니다. 실개천이 곳곳에 흐르는 좁은 골목을 따라 작은 마을을 돌아다니다가 막 들어온 참이었지요. 나는 이 마을사람들이 이방인을 그리 반기지 않는다는 것을 직감으로 느끼고 있었습니다. 그러고보니 아낙네들은 커다란 보릿단을 등에 지고 굽은 허리로 좁은 길을 바삐 지나가고 있었습니다. 이 작고 아름다운 마을에 나는 구경꾼으로 와 있는 것이었습니다. 빈둥거리며 이곳저곳 건너다보며 한창 추수기를 맞아 일하는 마을사람들 사이를 휘젓고 다니고 있었던 것이지요. 어른들은 낯선 이방인을 향해 가끔씩 인사를 받아주기는 했지만, 그리 모질게 내치지 못하는 성품인 듯했습니다. 그러나 철없는 아이는 자기가 느낀 그대로 말할 수 있으니, 내 발 아래 멈춰서서 굳은 표정으로 빤히 올려다보며 돌아가라고 소리치는 아이의 모습을 보면서 가슴이 철렁 내려앉을 수밖에 없었지요.

"와이?"

아이는 이미 한 쪽 팔을 높이 올린 채 빈 손바닥을 펼친 모습이었습니다.

"빽."

"빽?"

"원 빽."

이럴 수가! 아이는 내게 뭔가를 달라고 하고 있었던 것입니다. 아무리 들어도 '빽'이 뭔지 알 수가 없었지요. 뭔가를 달라고 하는 것은 분명했습니다. 갑자기 온몸에 힘이 빠지더군요. 아마도 제가 난간도 없는 이층 계단 위에서 있었으면 그대로 힘없이 골목으로 떨어졌을지도 모릅니다. 다행스럽게도 나는 계단에 앉아 있었지요. 지금 내가 가진 게 아무것도 없다고 하니 그제야 아이는 집으로 돌아갔습니다.

나중에 느낀 것이지만, '빽'은 '펜'을 말하는 듯했습니다. 원 달러, 원 펜을 달라는 동네 아이들을 마주치고서야 알게 되었지요. 이제 갓 학교를 다니기 시작한 아이가 어디서 들었는지 자기가 아는 대로 발음을 했던 모양입니다. 그런 사실을 알고 나서 나는 더욱 절망에 빠지고 말았지요.

인도에 두 번 다녀간 경험이 있어서 여행 준비를 할 때 함께 갈 일행에게 연필이나 노트 같은 것을 준비하면 좋겠다고 말한 적이 있습니다. 그러나 막상 여행을 떠날 무렵이 되자 생각이 바뀌었지요. 오히려 아이들에게 뭔가를 나눠주게 되면 어떤 알 수 없는 영향을 끼치게 될지도 모른다는 생각이 들자, 선물은 나눠주지 않는 게 좋겠다고 다시 이야기하게 되었습니다.

처음부터 나는 한 걸음 물러난 여행을 하려고 생각했지요. 내 걸음이 한 걸음씩 가까이 다가갈수록 라다크는 분명 어떤 영향을 받게 될 것입니다. 나는 그저 지나가는 사람일 뿐입니다. 아무것도 책임을 질 수 없는 사람이지요. 내가 남긴 흔적들이 라다크를 점점 파괴시킬지도 모르는 일입니다. 그런 마음으로 떠난 여행이었지만, 점차 마음이 불편해지기 시작했습니다. 심지어 이곳에 오지 말았어야 했다는 자책마저 들더군요.

비록 어린아이의 말을 잘못 알아들은 것이지만, 그 오해로부터 많은 것을 생각하게 되었습니다.

오래된 엘리베이터

인도 괄리오르에서 웅대한 성을 마주하고 있으면 그리 실감이 나지 않는다. 괄리오르 시내를 한눈에 내려다볼 수 있는 산 위에 만싱 팰리스가 있다. 이 궁전의 외곽은 산자락 끝까지 요새처럼 지어져 있다. 적의 침입을 어렵게 하거나 좁은 산 위에서 궁전을 넓게 짓기 위해서일 것이다. 오랜 역사처럼 성곽을 장식했던 푸른색 타일이 거의 다 떨어져나가고 조금 남아 있다. 천 년의 세월을 품어서 그런지 타일 색상은 쉽게 볼 수 없는 깊이를 가졌다.

아무리 그래도 도통 실감이 나지 않는다. 궁전이지만, 아무도 살지 않는 곳이라서 그렇다. 더욱이 내가 사는 궁전도 아니다. 또한 오늘 하룻밤 묵어갈 곳도 아니다.

성 안에서 지하감옥이나 창고로 쓰였던 곳으로 내려가는 좁은 계단은 불빛 하나 없이 어두웠다. 나는 폐소공포증이 있었지만, 사람들의 등만 바라보며 겨우 내려갈 수 있었다. 성의 지하 공간에는 박쥐가 날아다녔고, 박쥐의 배설물이 한 천 년쯤 섞어가는 서늘한 냄새가 났다. 사람이 살 곳이 아니었다.

밖으로 서둘러 나오니 무희들이 춤을 추던 공간이 있었다. 위쪽에는 창문 너머 왕이 내려다보던 자리가 있었다. 왕은 무희들의 춤을 창문 너머에서 지루한 듯 내려다보다가 문득 어떤 한 소녀의 손등에 내려앉은 볕살에 홀려 고개를 들고 내려다보았을지 모른다. 그러나 지금은 무희도 왕도 어느 누구도 없다. 그 눈빛을 찾아 다시 올려다보는 나만 있을 뿐이었다.

괄리오르 성을 내려와서 우샤 끼란 팰리스(Usha Kiran

110

Palace)에 들어갔다. 120년 된 궁전호텔이었다. 영국의 왕과 왕비를 위해서 지은 궁전이라고 했다. 괄리오르 성처럼 웅장하지 않고 아담했다. 내가 묵을 방으로 올라가기 위해 엘리베이터를 탔다. 이것 역시 궁전만큼 오래된 것이었다. 영화에서나 보던 옛날 엘리베이터였다. 마름모꼴로 연결된 철문을 손으로 밀어서 열고 엘리베이터를 탔다. 제대로 작동이나 될까 의심하면서, 혹시나 툭 떨어지는 것이나 아닐까 걱정하면서. 작은 소음을 내며 오래된 엘리베이터가 움직였다.

짐을 끌고 내 방에 들어서자 놀라지 않을 수가 없었다. 얼마나 넓은지, 스무 명쯤은 충분히 묵어갈 수 있는 방이었다. 벽 아래 놓인 방석이 무려 이십여 개. 무료한 왕족이 되어 한나절 게으름을 부려도 좋을 그런 방이었다. 이 궁전의 원래 주인이었을 것으로 짐작되는 인도 귀족들의 사진이 벽마다 걸려 있었다. 그 가운데 한 사람은 꼭 나를 닮았다.

충분히 쉴 수 있는 방이었다. 아늑하고 화려하면서도

고풍스러웠다. 이런 궁전에서 단 하룻밤만을 보낼 수밖에 없다는 것이 오직 내가 감수해야 할 불행이었다.

궁전의 이곳저곳을 둘러보면서 오래된 엘리베이터를 일부러 타보기도 했다. 아래층에 내려갔다가 올라와서 다른 방의 창문을 기웃거리기도 했다. 저녁 식사를 하기 위해 다시 엘리베이터 버튼을 눌렀는데, 이번에는 아무리 기다려도 엘리베이터가 올라오지 않았다.

계단을 걸어서 내려갔다. 그윽하고 몽환적인 시타르 연주를 들으며 황송할 정도로 아름다운 저녁을 먹었다. 어둠이 밀려오기 시작하자 곳곳에 등이 켜지고 궁전은 더욱 신비롭게 보였다. 정원 앞의 의자에 앉아 나는 무슨 얘기인가를 나누며 여름 저녁을 한껏 즐기고 있었다.

방으로 올라가려고 엘리베이터를 기다렸는데, 이번에도 엘리베이터는 내려오지 않았다. 누군가 다른 여행자가 엘리베이터를 타고 내리면서 문을 제대로 닫지 않아서 그렇다. 자동문이 아니니 손으로 밀어서 끝까지 제대로 닫지 않으면 엘리베이터는 작동하지 않는다. 누군가 제대로 문을 닫지 않고 가버리면 다른 이들은 어디선가 또 다른 문을 열 수가 없다. 그 문은 제대로 닫지 않고 가버린 사람이 또 기다려야 할 문이다.

스적스적 걸어서 내 방까지 올라갔다. 궁전의 계단을 걸어서 올라가는 것만큼 즐거운 일이 또 어디 있겠는가. 물론 고풍스런 영화의 한 장면처럼 고독한 얼굴로 철문을 열고 어두컴컴한 엘리베이터를 타고 올라가는 것은 흔치 않은 일이다. 누군가 문을 제대로 닫고만 갔더라면 나는 몇 번 더 그 고독을 즐길 수 있었으리라. 가끔 그 오래된 엘리베이터가 그립다. 문을 열고 내릴 때면 꼭 뒤돌아서서 제대로 문이 닫혔는지 확인해보던 그 오래된 엘리베이터가 그리울 때가 있다.

꿈꾸는 여행자

여행은 일상이 되었다. 때가 되면 다른 나라에 가서 쉬다가 오는 사람들이 많다. 인도는 더이상 오지가 아니다. 사람의 발길이 닿지 않은 아마존의 밀림을 탐험하는 것도 아니고, 고대의 기록을 따라서 사막의 모래에 파묻힌 전설의 도시를 발굴하러 가는 것도 아니다.

그러나 한 번 갔던 곳을, 두 번이나 다녀온 곳을 다시 간다고 했을 때는 조금 다르다. 그때 비로소 왜 그곳에 가는지 묻게 된다. 그러나 대체로 이런 질문을 하는 사람조차 흔하지 않다. 특별하지 않기 때문이다. 그곳에 어떤 매력을 느꼈기 때문이라고 짐작만 할 뿐, 그것에 대해서는 그리 알고 싶어 하지는 않는다.

세월은 무심하게도 흘러가고야 만다. 이제 내게 무엇이 남아 있을까. 단지 한때 강렬하게 내 가슴을 치고 갔던 어떤 빛이 있었을 뿐이다. 그 기억만 남았다. 나는 그것에 대해 무수히 많은 말들을 쏟아내려고 했다. 마치 축복처럼 내게 쏟아진 언어들을 받아 적으려고 했다.

다윈에 의하면 기원이란 한 생물 종이 다른 종으로의 전환을 의미한다. 원숭이를 쳐다볼 필요는 없다. 그런데 빌헬름 폰 훔볼트는 언어의 전체 체계가 이미 인간 안에 있다고 했다. 그래서 막스 피카르트는 모든 경험에 우선하는 언어의 선험성을 말한 바 있다. "언어는 인간에게 미리 주어져 있다. 인간이 말을 시작하기 이전부터 언어는 인간 속에 있었다. 그렇지 않았다면 인간은 처음부터 말을 할 수가 없었을 것이다. 인간은 자신 속에 선험적으로 내재하는 언어를 사용해서 말을 하는 것이다."(『인간

^{과 말}) 인간의 언어는 태초에 이미 주어졌다. 인간 안에 그 언어가 내재되어 있다. 그렇다면 인간 안에는 태초의 인간이 있다. 인간의 기원은 인간이라고 할 수 있을지 모른다. 인간에서 또 다른 인간으로 전환하는 그 과정이 인간의 기원이다.

속임수라는 것을 알고 있었지만, 사르트르는 말이 사물의 진수라고 생각했다. 자신이 상상한 꿈을 글로 옮기면 영원해진다고 믿었다. 꿈은 허상이고 일시적이며 시간을 따라 흘러가지만, 글은 그것들을 물질로 변화시켜서 실상을 갖게 한다. 허상은 실재가 되며 꿈은 영원을 얻는다. "내가 써 놓은 꼬불꼬불한 작은 글자가 도깨비불과 같은 빛을 잃고 차츰차츰 탁하고 단단한 물질처럼 굳어 가는 것이 무엇보다도 나를 흥분시켰다." 사르트르의 자서전 『말』에 나오는 이야기다.

나도 그처럼 내 안의 태초를 이곳에 실재하게 하고 싶었다. 사물이 되어 내 눈 앞에 존재하게 만들고 싶었다. 실체를 보고 싶었다. 영원이라는 것을 실현하고 싶었다.

그러자면 나는 저 태초에 주어진 언어를 찾아야만 했다. 그러나 내가 다시 인도로 떠난 이유는 그리 쉽게 설명하기가 어렵다. 언제쯤이나 나의 기원은 완성될 것인가. 그것은 끝이 없는 방랑 속에서나 가능할지 모른다. 그래도 나는 찾아야만 했다. 그리워하지 않으면 결코 다가설 수 없을 것만 같았다. 나는 모든 것을 잃은 자이기 때문이다. 다 탕진해버렸기 때문이다. 급기야 내 빈 껍데기마저 떨어져 나가고 허공만 남았기 때문이다. 그래서 밤새 이야기를 나눌 이가 내 앞에 있다면, 나는 이렇게 말할 것이다.

"말을 해보고 싶어."

비슈누의 꿈

신의 꿈은 영원의 바다 위에서 끊임없이 증식한다. 우주의 유지와 보수를 담당한 비슈누(Vishnu)는 '끝없음'이라는 의미를 가진 뱀의 왕 아난타(Ananta) 위에 누워 이 세계를 꿈꾼다. 비슈누의 꿈, 마야(Maya)로서의 인간의 삶, 불교 용어로는 삼계(三界)인 이 세계는 영원의 우주적 대양 위에서 꿈틀거린다.

현현하지 않는 비가시적 세계로부터 비롯된 신화는 다른 시간 위를 떠다니고 있다. 신화는 보이지 않는 세계를 향해 열린다. 그 무의식의 차원으로 걸어 들어가는 경험을 통해서 삶은 사실 너머의 진정성과 마주한다. '영원'은 우주의 발생이 끝없이 순환하는 것을 의미한다. 신화는 삶의 양식이다. 신화적 세계관의 순환론적 시간 관념은 지금 이곳과 머나먼 근원적 세계를 넘나든다.

사랑의 행위는, 혹은 그 관념은 저 무한의 우주적 시간을 찾아간다. 이성의 완강한 강제 앞에 무력하지 않고, 제안으로 소용돌이치며 삶의 본래성을 구현한다. 물질을 소유하는 것은 영원하지 않다. 일시적이며 배타적이다.

우파니샤드는 '자유'를 궁극적 실재인 신과 합일한 상태로 보았다. 자유를 얻지 못한 이들은 시공간의 사슬에 얽매여 끊임없이 필멸자(必滅者)의 운명을 반복하게 된다. 죽음 이후의 세계를 인지하기 시작한 것은 베다 시대였지만 아직 그 실체는 분명하지 않았다. 우파니샤드에 이르러 재생의 개념은 두 가지 길을 찾아낸다. 궁극자의 빛의 세계인 데바야나(Devayana)와 윤회를 거듭하는 어둠의 세계인 피트리야나(Pitryana)가 그것이다. 고대인들의 세계관은 언제나 현생의 윤리에 깊은 영향력을 행사해왔다.

　경전은 궁극적으로 삶의 양식이다. 불변의 영원한 실재가 우주의 혼돈과 불확실성으로부터 조화로운 세계를 선사한 것처럼, 인간 세계의 이법(理法)은 현실적인 삶을 견인한다. 그 무엇으로도 환원되지 않는 무한한 존재는 지금 이곳에서 꿈꾸는 자다. 자기를 발견하는 자다. 성스러운 언어는 바로 그러한 신성의 경험을 전경화(前景化)한다.

　　베다의 오래된 주문과 시구가 돌계단에 새겨져 있다

　　신발을 벗고 보니 신발보다 내 발이 더 더럽다

　　비가 내려 젖은 바닥에

　　어느 겁 많은 짐승이 먼저 발자국을 찍고 갔다

　　힌두사원 입구에 걸려 있는 구리종 하나

　　눈치껏 나도 남들처럼

　　머리 위의 작고 맑은 종을 친다

　　머리 위에서부터 발끝까지

　　뭔가 흰 대리석 계단 속으로 빠져나간 걸까

내 몸을 따라 그 울림이

작은 소용돌이처럼 바닥 밑으로 스며든다

그 뜨거운 걸 가져가려고 가두어두려고

오래된 길은 그렇게 차갑다

맨발로 밟고 올라간 그 자리에

이제 막 한 문장이 새겨지는 걸 나는 뒤돌아보았다

　대리석 계단에 새겨진 문장을 나는 읽을 수 없다. 그러
나 그 문장이 내 온몸에 스며들 때가 있다. 시를 이해한다
는 것은 시를 쓸 때 알게 된다. 내게 신성이 있을 때다.

그래도 다시 노동당사로

— 동두천에서 연천을 지나 철원까지

길은 늘 낯설다. 비슷비슷해서 분간이 안 될 때가 많다. 그래서 길은 낯설다. 이쪽인가 싶지만 조금 서둘러 길을 빠져 나왔을 뿐이고, 아니다 싶어 지나친 길은 정작 따라 나가야 하는 길이었다. 도로에서는 잠시 한눈을 팔아도 위험하다. 앞으로 시선을 고정하고 간혹 조심스럽게 좌우를 살피며 가더라도 초행길은 늘 한두 번씩 헤매게 된다.

연천 가는 길. 스스로 찾아가는 첫 번째 길이니 초행이라고 해야 할 것이다. 스물 몇 살 무렵 행사를 따라 연천에 간 적이 있었다. 단체 버스를 타고 갔기 때문에 길에 대한 기억은 전혀 없다. 백숙이었던가. 한탄강이나 임진강 어디에서 잡아온 잡어매운탕을 먹었던가. 초록 그늘 아래 평상에 불려 나와 노래를 한 곡 불렀던가. 시원하게 쏟아져 내리는 폭포를 올려다보며 잠시 젖은 바위에 앉아 있던 기억이 어슴푸레하다.

어느새 길은 양주를 지나 동두천 시내를 지나고 있었다. 가는 길에 미군 캠프가 있는 곳마다 맞은편으로 영문 간판을 단 상점들이 늘어섰다. 정오의 동두천은 왠지 쓸쓸했다. 상점들은 드나드는 발길이 끊긴 듯이 먼지 묻은 채 조용히 닫혀 있었다. 밤의 동두천을 본 적이 없지만, 이제 한 시절 지나갔을 것이라는 생각이 들었다. 돈이 흘러나오는 곳에 술이 있었고, 밤이 있었을 것이다. 환락이 있었을 것이다. 그러나 이제는 밤이 되어도 손님을 찾아보기 어렵다고 한다. 이곳은 한때 기지촌으로 명성이 높았다. 휴전 이후 2만 명이 넘는 미군이 주둔한 곳이었지만, 지금은 2천여 명으로 줄었다. 기지촌이 아니라 몰락

한 도시가 된 것이다. 기지촌 환경 때문에 다른 개발이 이루어지지 못했고, 미군을 상대로 한 자영업자가 대부분인 이곳은 환락가의 오명마저 쉽게 씻어내지 못했다.

동두천은 기지촌이었다. 환락가였지만, 누구도 돈을 번 사람은 없었다. 모두가 가난했다. 길거리에서 어린 아가씨들이 미군과 입을 맞추며 지나갈 때 모두들 부끄러워했다. 그러나 누구나 할 것 없이 고개를 돌려 애써 외면하고 참았다. 스스로 나라를 지키지 못한 설움이었을까. 그저 가난한 자의 비굴함이었을까. 동두천 시내를 지나는 마음은 쓸쓸했다. 버려진 도시가 되어가는 이곳은 이 나라를 제 힘으로 지키려는 이들이 되살려야 한다. 동두천 시민들이 바라는 것은 오직 그것뿐일 것이다. 스스로 지키지 못한다면 다 잃게 된다. 다 잃은 곳에서 사람들은 떠나기 마련이다.

잿빛 도시 동두천의 좁은 도로를 벗어나자 소요산이었다. 초가을에도 여전한 초록이 한낮의 볕살에 숨찼다. 신천을 지나 드디어 한탄강을 건넜다. 선사유적지로 유명한 전곡리에 들를까 하다가 돌아오는 길에 시간이 되면 보려고 지나쳤다. 길은 막힘이 없었다. 전곡리 중심가를 옆에 끼고 멀리 차탄천과 경원선을 나란히 따라가는 길이었다. 연천대교를 건너니 바로 연천이었다. 멈추지 않고 차탄천을 따라서 난 길을 계속 가기로 했다.

"저기 간이역인가?"

"신망리역이라 써 있었던 것 같은데……."

작은 역사를 언뜻 지나쳤다.

"경원선인데……."

"꼭 문 닫은 폐역 같군. 곧 신탄리역이다."

"기억났다. 신탄리역에 온 적 있어."

"언제?"

"고등학교 때 대표로 뽑혀서 온 적 있어."

"그게 언제야. 까마득하겠네."

"나랑 또 한 애가 뽑혀서 선생님하고 여기 왔었어."

"왜?"

"무슨 백일장이었는데, 기억이 잘 안 나네."

"혹시 호국백일장?"

"그랬을 거야. 그래. 여기 오니까 생각이 나네. 교내 백일장에서는 매번 떨어졌는데, 선생님들이 내 글을 싫어했나 봐. 그런데 꼭 외부 백일장에는 붙어서 자주 갔지. 그때 국문학과 나온 어떤 선생님이 우릴 데리고 여기까지 왔어. 그때 DMZ도 견학하고, 백일장 했던 것 같나."

"무슨 상 받았어?"

"그때 상금으로 20만원이나 받았던 것 같은데……."

"그럼 꽤 큰 거잖아. 시 썼어?"

"시를 썼는데, 뭘 썼는지 기억도 안 나네. 제목이 뭐더라……. 그때 이근배 시인이 심사했어. 조금씩 기억이 떠오르네."

신탄리역에 도착하면 기억이 더 자세히 떠오를지도 모를 일이었다. 어차피 가는 길이니 잠시 길을 빠져서 연천 심원사지를 먼저 보고 나오면 시간도 적당할 것 같았다. 생지장도량 원심원사는 연천군 신서면 동막골 보개산 자락에 있었다. 길옆으로 빠져서 한참을 들어가니 내비게이션 안내가 종료되었다. 군부대 담벼락 옆이었다. 왼편의 계곡 너머로 아무것도 보이지 않았다.

"이상하네. 왜 여기서 멈출까."

길 안내가 종료되기 전에 붉은 간판을 본 듯했다. 그쪽 어디로 들어서는 길이 있을 것 같았다. 차를 돌렸다. 그러나 '생지장도량 원심원사'라고 쓴 붉은 간판이 가리키는 화살표는 내가 조금 전에 차를 돌린 방향이었다. 이상하다 싶어 방향대로 다시 천천히 차를 몰았다. 내비게이션은 여전히 같은 곳에서 멈췄다.

"조금 더 가 봐야 하나."

군부대 입구까지 이르자 그제야 안내판이 서 있었다. 이 길로 들어가면 되겠다 싶어서 동막골 계곡의 돌다리 앞에서 잠시 풍광을 즐기기로 했다. 다리에 다가서자 갑자기 후다닥 까마귀 한 마리가 머리 위로 바짝 날아갔다. 다시 차를 몰아 경사지로 들어서는데, 또 다른 군부대만 나오고 도대체 옛 절터가 있을 것 같지 않은 길이었다. 조금 더 들어가 보자 해서 가는데도 영 미심쩍었다. 좁은 길에서 차를 돌려나올 걱정이 앞섰지만, 애써 찾아온 시간이 아까워서라도 목적지를 찾으려고 했다.

"아, 저긴가 보다. 부도가 보이네."

멀리서 절이 보이기 시작했다. 돌다리까지 바짝 차를 세우고 걸어 들어가는데, 이번에는 다람쥐 한 마리가 내 앞을 휙 지나갔다. 아무도 이곳에 찾아오지 않는 것일까. 그러니 이 낯선 손님을 보고 까마귀와 다람쥐가 먼저 놀라 도망치는 것인가.

원심원사는 보수 중이었다. 옛 금강산 유점사의 말사로 지장도량의 본산이라는 안내판이 서 있었다. 647년 신라 진덕여왕 원년에 영원조사에 의해 창건되어 859년 범일국사가 재창하고 1,396년 조선 태조 때 무학왕사가 3창을 했다는 설명이었다. 임진왜란으로 소실되었으며 이후 4창까지 해서 대가람을 이루었다고 한다. 20세기 초까지만 해도 그 위용이 대단했지만 역시 의병전쟁 중 소각되었다. 다시 중건한 이후에도 6·25전쟁의 병화로 소실되었다고 한다. 지금은 다방면의 노력으로 복원과 정비

사업이 추진 중이라고. 머지않아 예전의 웅장했던 모습을 다시 볼 수 있을 것이라고.

아쉽지만 옛 절터의 풍광은 볼 수 없었다. 새로 지은 도량이 1,300여 년의 세월을 품기에는 아직 멀었다. 선승과 수많은 학승들이 정진하던 도량은 오랫동안 보개산 자락에서 잊히고 말았던 모양이었다. 까마귀와 다람쥐가 놀란 눈으로 외인의 발걸음을 맞이하는 곳이니 그런 것으로나마 만족할 수 있었다. 그러고 보니 돌다리 옆의 짙은 녹음과 막 단풍이 들어가는 넝쿨 잎이 선명한 색감을 품고 있었다.

원심원사 앞에 부도가 있는 자리에 보개산 숲길이 나 있었다. 찾는 이가 많지 않은 길인 듯했다. 동막골 계곡 옆으로 여러 군부대가 있어서 공기마저 경직되어 있었는데, 조금 안쪽으로만 들어와도 숲의 기운이 고요하고 푸르렀다. 주말에 나무보다 사람이 더 많은 서울 근교 산자락에 매달려 있는 것보다는 이렇게 한적한 숲길을 따라 산을 오르는 것이 좋을 것이다. 원심원사 부도군 옆길로 난 숲길로 오르는 등산객은 흔치 않아 보였다. 언젠가 볕살 맑은 날에 다시 찾아오리라 생각하면서 길을 내려왔다.

　다시 신탄리역으로 나가는 길을 거슬러가다가 보니 천주교 공소가 보였다. 신부님이 상주하지 않지만, 정기적으로 성사(聖事)가 집행되는 곳이다. 문틈 사이로 길만 보일 뿐 정작 건물은 보이지 않았다. 철문 옆 기둥에 자라 오른 넝쿨 잎사귀가 고색창연해서 한참을 바라보다가 공소로 난 길 안쪽을 건너다보고 있을 때였다. 반대편 차선으로 지나가던 트럭 한 대가 일부로 거의 멈추듯이 속도를 줄이다가 지나갔다. 뭔가 의심스러운 눈빛으로 나를 바라보고 있었다. 왜 그런 눈빛으로 바라보는지 분명하게 느낄 수 있었다. 그래, 여기는 연천이다. 곳곳에 군부대가 있고, 병사들이 총을 멘 채 줄을 지어 걸어다니는 곳이다. DMZ가 바로 근처에 있다. 그때부터 주변의 시선이 의식되기 시작했다. 숲속을 건너다보는 내 눈빛을 또 누군가는 예사롭지 않게 바라보고 있을지 모른다. 이곳에 사는 이들은 낯선 눈길에 예민할 것이다.

그래도 외진 길을 나와 신탄리역에 이르니 조금 나았다. 누군가 내게 빈대떡집을 물었다. 이 근처에 잘 알려진 맛집이 있었나 보았다. 몇 년 전까지만 해도 신탄리역은 경원선의 철도중단점이었다. 서울과 원산을 오가던 철길이 분단 이후 끊긴 것이다. 지금은 다음 역인 백마고지역까지 연장되어 있다. 경원선은 철원까지 이어질 예정이라고 한다. 예전엔 이곳이 철길의 끝이었는데, 이제는 아니었다. 조금 더 북쪽으로 철길이 이어져 있었다. '철마는 달리고 싶다'고 쓴 팻말만 옛 아픔을 남겨두고 있었다.

"오래전이었으니 그때는 이곳 신탄리역이 끝이었을 텐데, 철마는 안 보이네?"

"그건 경의선에 있을 걸."

"끊긴 철길이 여기만은 아니군."

경의선은 임진강을 건너지 못하고, 경원선은 철책 앞에 멈춰 있었다.

"철책 보여줄게."

태풍전망대를 보여주고 싶었다. 민통선을 지나 높은 산

자락에서 북한 땅을 훤히 건너다볼 수 있는 곳이었다.

"출입할 수 있는 시간이 제한되어 있는데, 늦지 않으려 면 조금 서둘러야 해."

구불구불 이어진 길을 따라갔다. 오가는 차량이 거의 없었다. 간혹 군용 차량이 지나갈 뿐이었다. 태풍전망대 는 세 번째 찾아가는 길인데도 여전히 낯설었다. 생각보 다 빨리 왔는지 갑자기 눈앞에 초소가 보이자 긴장되기 시작했다.

"무섭다. 가자."

"무섭기는. 뭐가 무서워. 우리 군인들인데."

속도를 한껏 줄이면서 초소 앞에 차를 세웠다.

"지금 들어갈 수 있나요?"

"시간이 안 됩니다. 5시에는 나오셔야 하는데, 벌써 다 되었네요."

민통선 안에서 농사를 짓던 농민들도 저녁이면 밖으로 나와야 한다. 밤에는 철책을 지키는 군인들뿐이다. 아침 에 조금 늦게 출발한 탓이었다. 벌써 해가 많이 기울었다.

숙소를 예약하지 않고 왔으니 어두워지기 전에 움직여야 했다. 태풍전망대로 들어오는 길켠에 로하스파크가 잘 알려져 있었다. 마당에 항아리들이 즐비하게 놓여 있는 모습이 인상적인 곳이었다. 펜션을 운영하는 것 같았는데, 연락이 되지 않았다. 게다가 펜션에 묵는 게 썩 어울리지 않는 것 같아서 다른 아늑한 한옥을 찾아갔다.

"연천보다는 전곡 쪽으로 나가시는 게 좋을 거예요."

숙소를 정하고 가까운 식당이 어디냐고 물었지만 오히려 전곡으로 가라고 했다.

"근처엔 매운탕뿐이에요."

"전곡은 얼마나 걸리나요?"

"연천읍내보다 더 가까워요."

벌써 사위는 어두웠다. 그믐이라 오늘밤에는 연천 하늘에 별이 가득할 것 같았다. 늦게 출발한 길이었지만, 뭔가 서두르듯 둘러볼 필요는 없었다. 한 자리에서 느긋하게 두 뺨에 스치는 바람을 느껴야 하고, 발목까지 물들어오는 노을을 가만히 거두어야 한다. 일찍 찾아온 어둠도 좋았다.

전곡은 연천과 비교가 안 될 정도로 변화했다. 그래서인지 길 곳곳에 한가로이 거니는 장병들이 눈에 많이 띄었다. 짧은 외박을 나왔거나 휴가를 마치고 돌아가기 전일 것이다. 모두가 수려한 청년들이었다. 오히려 나 같은 외지인에게 앳된 표준말로 길을 물을 정도였다.

낯선 길을 찾느라 피곤했는지 밤에 별을 보지 못하고 곤히 잠들었다. 한옥 정원에 켜둔 불빛이 밝아서 별을 바라다보기에는 적당하지 않았다. 아무래도 한옥에서는 밤하늘보다는 따뜻한 온돌방에 눕는 것이 제격이었으리라. 아침에 정갈한 정원을 조금 걷다가 근처에 있는 재인폭포로 향했다.

군부대 앞에서 길이 끝나 있었다. 바로 앞에 작은 주차장이 있는 것을 보니 재인폭포가 맞는 것 같았다. 비포장도로로 들어와서 그런지 차가 바닥에 드르륵 끌리는 소리가 들려왔다. 뭔가 바닥에 떨어져서 질질 끌리는 소리 같았다. 주차장에 들어서며 무슨 일인가 싶어 창문을 열어

보았다.

"ㄷㄷㄷㄷㄷㄷㄷ들."

"ㄷㄷㄷㄷ들 ㄷㄷㄷㄷㄷㄷㄷ들."

온 사방에서 총알이 날아왔다.

"여기 사격장인가 봐."

차에서 쇠붙이가 떨어져나가서 땅바닥에 질질 끌리는 소리인가 싶었는데, 알고 보니 이 근처에 사격장이 있는 것 같았다. 어디서 들려오는 소리인지 알 수 없었다. 이쪽 산인지 맞은편인지 분간이 되지 않고 온 사방에 총성이 울렸다.

"폭포를 찾아온 사람들이 많은 텐데, 설마 여기까지 총탄이 날아오지는 않겠지."

오래전의 기억과 많이 달랐다. 유리로 만든 구조물이 있어서 무심코 걸어 들어갔다.

"폭포는 어딨어?"

"저기."

"저기? 그럼 내가 서 있는 곳은 어디야?"

"허공."

발밑의 불투명한 유리판 아래는 100m도 넘는 허공이었다. 나는 고소공포증이 있기 때문에 그 순간부터 숨도 제대로 못 쉬고 슬슬 기어가기 시작했다. 마구 뛰는 심장 소리를 애써 감추며 태연한 척을 해야 했다.

"계곡으로 내려가 볼래?"

그러나 계단 아래는 나에게는 그저 아득한 허공이나 다름없었다.

"내려가는 데만도 한참 걸리겠다. 가지 말자. 폭포도 다 말랐네."

그때 허공을 찢으며 총성이 다시 들려왔다.

"드드드드드드드득."

폭포 아래 깊은 계곡에 어디선가 연사로 마구 쏘아대는 총소리가 가득했다.

"예전에 왔을 때는 저 계곡 아래에서부터 걸어서 왔던 것 같은데, 지금은 여기서 보니 또 다르게 보인다. 폭포만 마르지 않았으면 여기서 보는 것도 괜찮겠는 걸."

나는 그새 허공 위의 계단에서 빠져나왔다. 땅 위에 올라서니 더욱 너스레를 떨기 시작했다.

"사격장 소리 대단하지. 그럼 이번엔 어제 못 본 태풍전망대로 다시 가자."

"철책은 싫어. 무서워서."

"군인들 보고 놀랐구나. 그럼 그 아래 습지로 가자. 거기도 민통선 안이라 초소 지나가야 해."

어제 갔던 태풍전망대 가는 길을 다시 찾아갔다. 이번에는 습지만 보려고 했다. 초소에서 신분증을 맡기고 민통선을 통과했다. 습지공원 입구에 들어서자 관리인인 듯한 분들이 인사를 건네 왔다.

"여기 해설사예요."

해설사는 조금 서툴렀다. 지역 주민이 관리하는 것 같았다. 해설사는 겨울에 두루미가 찾아올 때가 더 좋다며 두루미가 한국인에게 길조로 여겨진다는 등 평범한 이야기를 하고 있었다. 길조인 것은 한국 사람이라면 누구나 알 것이다. 그런데 전문해설사의 유창한 언변보다는 소박한 동네 이웃 같은 말씨가 오히려 편안했다.

"물이 차면 두루미가 서식하기 어려워서 수자원공사에서 수위 조절을 하고 있어요."

"언제부터 두루미를 볼 수 있나요?"

"10월 말부터 날아오기 시작해요."

"조금 더 기다려야겠네요."

"1월에서 2월 사이에 두루미가 가장 많아요. 새해에 두루미를 보면 운수가 좋다고 해요. 그래서인지 연초에 두루미 보러 많이들 오세요."

"겨울에 다시 한 번 와도 좋겠어요. 설명 잘 들었습니다."

"네. 편안히 둘러보세요."

굵은 억새와 수풀이 무성했다. 지금도 볕살이 내려앉는 소리만 들릴 정도로 고요하지만, 겨울이면 이보다 더 고요하리라. 오직 두루미가 날갯짓을 하는 소리와 눈밭을 느릿느릿 걸어가는 소리만 들여올 것이다. 그 소리가 이 세상에서 가장 고요한 소리일 것이다. 마른 억새 뒤에서 숨죽여 바라보는 사람들의 귓가에 들려오는 소리는 더없이 맑고 고요하리라. 이 평화로운 두루미의 땅에서 산 하나만 올라서면 바로 군사분계선이다. 두루미가 날아오는 저 하늘을 향해 총을 들고 서 있을 수밖에 없는 분단현실은 참으로 안타까운 일이었다.

겨울을 기다려야 할 것이다. 밤새 눈이 내리는 소리에 귀를 기울이듯이 두루미의 고요한 발걸음 앞에 바짝 다가서기 위해서는 추운 겨울을 맞이해야 할 것이다.

"이번에는 철원으로 갈까. 노동당사 갔다가 백마고지역까지 가는 것도 좋을 것 같아. 거기가 지금은 끝이잖아."

길은 어디든 다 통해 있다는 말은 이곳에서 쓰이지 않을 것이다. 그 말은 효력을 다한 죽은 말이다. 신탄리역 근처에 왔을 때 보았던 어느 주유소 이름이 다시 떠올랐다. 끝주유소. 그래, 이곳은 끝이다. 모든 것이 더 나아가지 못하는 끝.

연천으로 오는 길 위에서 길을 잘못 들까 주의했던 것은 조금이라도 빨리 도착하려는 마음이겠지만, 길을 잃는다는 것은 막다른 끝에 이르러 어느 길도 더이상 찾지 못하리라는 두려움을 감추고 있다. 에둘러가는 길이든 넘어가는 길이든 길이란 어느 곳으로든 통하기 마련일 텐데, 가지 못하고 막힌 길은 어쩐지 두렵고 막막하다. 하물며 막힌 길도 아니고 강제로 끊긴 길이라면 더욱 안타깝고 서럽다.

그래도 노동당사는 길 위에 있었다. 끊긴 길이 아니라 이어진 길 위에 있었다. 골조 없이 지은 시멘트 건물이 아직도 서 있었다. 무너지지 않도록 군데군데 철심을 대어 놓았다. 이 건물은 무엇을 기억하기 위해 아직도 이곳에 서 있는 것일까. 밤에는 차가운 별이 다 허물어진 창가에 뜨리라. 은하수가 남서쪽에서 솟아올라 기울어가면서도 노동당사를 건너 북동쪽으로 느릿느릿 넘어가리라.

별을 보기에는 아직 시간이 남았다. 가까운 백마고지역에서 석양을 바라보다가 노동당사에서 별을 맞이하고 싶었다. 길 끝에는 아무도 없었다. 기차에서 내린 사람들은 노을보다 먼저 집으로 돌아갔을 것이다. 새들조차 서둘러

서쪽으로 무리지어 날아가고 있었다. 끊긴 철길 쪽으로는 먼 하늘뿐이었다. 해가 지고 있었다.

그러나 철원의 밤하늘은 맑았다. 철원향교의 어둠 속에서 언뜻 기울어가는 은하수를 보았다. 여름이 지나고 은하수도 빠르게 기울었다. 내 카메라는 이미 배터리가 다 했다. 그래도 나는 다시 노동당사로 갔다. 저 시멘트 건물이 어둠 속에서 전갈자리도 궁수자리도 다 저문 은하수의 끝자락이나마 붙들고 있는 모습을 끝내 바라보고 있었다.

셋

태양슈퍼 할머니

밤새 책장 3개와 테이블 6개를 나르고 조립하고 배치하고 나니 해가 뜨더라. 덜 더울 때 하려니 이렇다. 책상을 나르고 있는데 태양슈퍼 할머니가 어디 이사 가냐고 하신다.

"태양슈퍼 할머니시죠? 지금 뭐 먹을 거 있나요?"

"음료수지."

"라면이나 이런 거 있을까요?"

"사발면이지."

"이거 마지막으로 나르고 들를게요. 하나 해주세요."

"들러 봐."

정말 마지막 책상 하나를 나르고 나서 너무나 배가 고파 태양슈퍼로 갔다.

"온통 가루 날려서 난리야 난리. 옆집에서 페인트칠을 하는지 벽을 막 갈아서 죄다 흰 가루투성이야. 오늘은 이거 치우느라 바쁘겠어."

"어디서 가루가 날리는데요?"

"요 옆에."

"거기 뭐 들어오나요."

"액세서리 가게 한데. 젊은 애 둘이."

"액세서리면 여자들일 텐데, 뭐가 그리 공사하느라 날려요?"

"남자애들이야. 둘이. 저거 봐. 며칠 전부터 공사한다고 주변에 죄 가루 날리고 미안하단 말 한마디 없어. 차에 흰 가루 쌓이고. 저거 봐. 담배는 아무 데나 피다 버리고. 여기 좀 봐봐. 여기 구멍 안 뚫렸지? 랩으로 문구멍 다 막았

잖아."

"안 뚫렸어요. 거 참. 젊은 애들이 왜 그런데요."

"그래서 주변에서 다들 싫어해. 버릇없다고."

"이거 커피 맛있어. 이거 한 잔 마셔."

"네."

"물 끓으면 주전자 들고 나갈게. 밖에 앉아. 거기가 시원해. 어디 이사 가는 거야?"

"아니요. 짐만 옮기는 거예요. 장미넝쿨 있는 집이에요. 파란 대문."

"아, 거기. 맨날 공사만 하는 거기?"

"네. 공사를 좀 오래했죠."

"거긴 얼마래? 요즘 여기 계속 올라."

"그런가 봐요, 많이 오르네요."

"거기 다방 앞집이지? 누가 거기 시인이 한다던데"

"아, 제가 그 사람이에요. 여기 문래동에 언제부터 계셨어요?"

"먼저 마을금고 자리에서 장사하다가 왔지. 이십여 년

되었지. 내가 음식장사만 사십여 년 했잖아. 거기선 잘 됐어. 이젠 몸이 아파서 음식 못 해. 사발면이나 팔지."

"여기 할머니들이 다들 많이 아프신 것 같아요. 저희 아랫집 할머니도 아프시고."

"그 눈 큰 할머니? 그 할머니도 아퍼. 어디 대장인가 수술했다고."

"암이시래요."

"콩국수 파는 할머니는 아픈 데도 없나봐. 콩국수 잘 팔어. 이북에서 왔는데."

"아, 가운데 골목집이요? 네. 그 할머니 지금도 콩국수 팔아요."

이때 고양이가 태양슈퍼에 나타났다.

"다섯 마리 낳았는데, 한 마리만 보이네. 이놈들 밥 챙겨줘야 하는데."

"어떤 밥이요?"

"고양이 밥 사놨잖어. 지들도 살겠다고 배고프면 문 앞에서 기다려. 사오십 마리는 될 거야. 밥 주고 주변 정리

잘해야 해. 안 그러면 주변에서 싫어해."

"싫어하시는 분들도 있죠?"

"뭐 좋아하는 사람도 있고 아닌 사람도 있고. 약 풀어서 죽이는 넘들도 있고. 한 마리 두 마리 비틀거리면서 거품 물고 죽잖어."

"그런 얘기 들은 적 있어요."

"다 생명인데, 나쁜 넘들이지."

"누군지 아세요? 약 풀어놓는 사람."

"알지. 알고 말고. 난 알어. 그래서 죽은 녀석들 몇 마리는 자루에 담아 보내주고. 몇 마리는 그 놈 집 문 뒤에 던져놓고 왔지. 벌 받으라고. 아무도 모르게 못 찾을 곳에 죽은 고양이 던져놓고 와. 약 풀어 죽인 놈 혼내주려고."

"떡국이 맛있네요."

"마지막 하나 남은 거야. 우체국장도 떡국 먹으러 오고 그래."

"우체국장이요?"

"옛날 우체국장. 지금 우체국장은 온 지 얼마 안 되었어. 잘 몰라."

"에고, 잘 먹었습니다."

"어여 가서 일 잘 마치고."

"네. 이젠 끝났어요. 너무 더워서 쉬어야겠네요."

"열심히 잘하고."

"네."

그 후로 가끔 태양슈퍼 할머니 가게에 놀러간다. 예전에 장사할 때 쓰던 그릇도 내어주고 문래동에서 살아온 이런저런 이야기들을 들려준다. 돈 떼어 먹고 달아난 다방마담, 다 커서 바삐 사는 자식들, 세를 내어준 공장건물에 몇 년째 월세가 밀려 있는데 불쌍해서 내보내지도 못한다는 이야기 등. 알고 보면 태양슈퍼 할머니도 꽤나 부자다.

족제비를 기다리며

문래동 58번지 골목에서 족제비를 두 번 마주치고 난 후 더이상 못 봤다. 책방 유리문 밖으로 커다랗고 길쭉한 그림자가 쓱 지나가기에 뭔가 싶어 문을 열어 내다본 적이 있다. 쥐라고 여기기에는 꽤 덩치가 컸기 때문이었다. 족제비는 골목으로 돌아가려다 말고 밖에 나와 내다보는 나와 딱 마주쳤다. 족제비도 뭔가 싶어 나를 한참 쳐다보고 있었다. 이 골목에 새로 나타난 사내가 낯설었던 모양이다.

처음엔 이름이 생각나지 않았다. 그러다 담비라는 말이 겨우 떠올랐다. 한참을 서로 바라보고 있었으니 생김새를 기억할 수 있었다. 담비의 사진을 찾아보았다. 내가 본 모습이 아니었다. 비슷한 동물이 뭐 있을까 궁리하다가 족제비라는 말을 또 간신히 떠올렸다. 얼마나 오랫동안 족제비라는 말을 잊고 살았을까. 대상이 없으면 부르는 말도 사라지는가 보다. 족제비는 그렇게나 오래된 이름이었다. 이제는 사라진 이름이었다. 그러나 그 오래된 사라진 이름이 내 앞에 느닷없이 나타났다. 사라진 게 아니었다.

며칠 후에는 자정이 넘지 않은 시간에 족제비를 또 만났다.

"저기 봐요!"

골목에 다른 이들도 함께 있었다.

"봤지요?"

그러나 다른 이들은 시멘트벽의 구멍으로 사라진 족제비의 긴 꼬리 정도만 본 듯했다.

"족제비예요!"

족제비는 골목을 들어오다가 내가 있는 것을 발견하고
는 담벼락의 구멍으로 냅다 달아났다.

"잘 모르겠네요."

사람들은 족제비가 사라진 골목 입구를 쳐다만 볼 뿐이
었다.

"맞다니까요. 며칠 전에 골목에서 서로 한참을 바라보
고 있었다니까요."

아마도 그때 족제비는 놀랐을 게다. 골목을 돌아 나오
는데 난데없이 사람들이 서 있으니 말이다. "족제비도 한
번 놀란 길은 다시 가지 않는다"는 말이 있다. 그래서일
까. 그 이후로 골목에서 족제비를 만나지 못했다. 자정 넘
어 밤이 깊어가도록 골목만 내다보고 있을 수 없으니 족
제비가 언제 지나갔는지 모를 일이다.

이 골목집에 시집 와서 장성한 아들딸 다 기르신 할머
니에게 말씀 드렸더니 족제비를 못 보신 듯한 얼굴이었
다. 주변에 여쭤 봐도 족제비를 본 분들이 없다. 나만 족
제비를 봤나 보다. 늘 늦은 밤까지 잠들지 못하는 처지인

지라 나만 그 어둠 속의 날랜 동물을 만날 수 있었는지 모른다.

밤이 깊어지기 시작하고, 혼자 책방에 앉아 있으면 꼭 족제비가 기다려진다. 한겨울을 어찌 지냈을까. 개구리나 뱀, 곤충 등을 잡아먹고 산다고 하던데, 뭘 먹고 살아갈까. 문래동3가 58번지 골목에는 잡아먹을 게 없다. 철공소에 빼곡이 들어선 골목에는 쇳가루만 녹슬어 있을 뿐이다. 골목을 조금만 벗어나도 대도시의 문명이 화려하게 불을 밝히고 있다. 위험한 아스팔트 대로를 건너서 도림천까지 오가기에는 어려울 것이다.

골목에 바짝 지붕을 대고 있는 오래된 집 어둔 구석에 살고 있을지 모른다. 일제 때 지은 그대로 남아 있는 목조 지붕 밑에 숨어 있는지도 모른다. 곧 허물어질 것 같은 시멘트벽과 벽 사이의 좁은 틈에 굴을 파고 들어가 사는지도 모른다.

오늘도 족제비를 기다린다. 가끔 다락방에서 내려다보는 골목에 길고 둥근 그림자 하나가 바삐 지나가기를 기다려 본다. 그 오래된 이름을 기다려 본다. 길고 둥근 황갈색 토종족제비가 지나가는 골목에서 나 역시 오래된 이름을 얻고 싶다.

문래동 골목

이 골목의 끝이 골목이었으면

구름 한 점 없이 맑은 날이라 해가 질 때면 골목 안쪽도
환해진다. 문이 북쪽으로 나 있는 책방으로 앞집 흰 벽에
반사된 저녁 빛이 밝다. 좁은 골목에서는 저녁 빛도 바쁘
다. 서둘러 어둠이 밀려오고 뒤늦게 골목에 나섰더니 전
깃줄 엉킨 하늘에 개밥바라기별이 떠 있다. 낮은 골목 아
래로 별이 기울면 저녁도 깊은 밤 속으로 사라질 것이다.

대부분 이 어둔 골목을 둘러보며 지나가지만 가끔 누군가 한구석에 가만히 서 있다 간다. 무슨 말을 나누고 있을까. 골목은 바삐 지나가는 사람보다 누군가 서 있다 갈 때가 아름답다. 책방에 불을 끄고 있으면 몰래 유리문 앞에서 입 맞추다 가는 어린 연인도 있다. 골목에는 발걸음 소리가 고요하다. 어느 걸음은 뒤꿈치가 높다.

그런 아름다운 고요도 그리 오래가지 않는다. 이 좁은 골목까지 사람들이 드나든다. 누가 그랬던가. 전기가 들어가면 그 지역은 끝장난다고. 유흥객이 늘어난 골목도 별반 다르지 않은 운명일 것이다.

"일이 없어."

앞서 가던 공장 사장님 한 분이 말끝을 길게 끈다.

"그간 열심히 했잖아."

함께 가던 다른 공장 사장님이 쉬지 않고 열심히 일해 온 동료를 위로한다.

"그럼 먼저 갈게요."

막내 사장님이 먼저 떠나고 남은 두 사장님들은 골목의

어둠 속으로 조금 더 걸어 들어가고 있었다.

걷다 보니 나도 그 뒤를 따르고 있었다. 가로등 빛이 멀어지면서 내 그림자도 점점 길어지다 어둠 속으로 스며들고 있었다.

나도 다를 바가 없었다. 일이 없지는 않았다. 몇 년 동안 단 하루도 제대로 쉬지 못했다. 뭔가 일을 하고 있었다. 쉬지 않고 열심히 뭔가를 하고 있었다. 뭔가를 해야만 했기 때문이다. 뭐라도 일을 벌여야 했기 때문이다. 그래야 뭐라도 되리라 믿었다.

골목이 점점 시끄러워지기 시작했다. 수제맥주집과 스테이크집, 와인집이 골목에 들어오면서부터 골목에 스피커를 내놓고 밤마다 음악을 틀어댄다. 세 방향에서 조잡한 대중음악이 쏟아져 나온다. 함부로 틀어댄 음악은 음악이 아니라 소음이나 마찬가지다. 좁은 골목에 지나가는 사람들도 늘었다. 그러다 보니 밤늦게까지 지나다니는 사람들 때문에 고양이조차 보이지 않는다. 어둠이 사라졌다. 그 고요가 사라졌다.

이제는 철공소도 하나둘씩 문을 닫는다. 더 먼 깊은 골목으로 이전하거나 아예 폐업을 하기도 한다. 기계도 낡았다. 컴퓨터로 조작하는 신형 기계를 들여놓을 수 없으니 낡은 기계로 할 수 있는 일도 점점 줄어든다. 좁은 골목을 구경하기 위해 사람들이 드나들고, 공장은 문을 닫고, 책방은 구경거리로 전락하고, 나는 고요를 잃었다.

이 골목 끝에는 골목이 있어야 한다. 골목에서 골목으로 이어지는 미로의 문법 속에서 나는 꿈꿀 것이다. 골목이 하나 새로 생겨날 것이다.

뭐가 자꾸 자란다

시멘트 계단 구석에 자주색 꽃이 무릎으로 피어 있다

그새 반은 바람 편에 선 민들레가 한 계단 위에 담벼락 아래 그늘 속으로 볕살을 조금 더 붙들고 있다

누가 몰래 갖다버린 화분에도 나에게마저도 뭐가 자꾸 자라난다

무릎을 펴고 일어서니 다 올려다 보인다

그런 날에는 한 뼘의 하늘도 어깨를 펴고 지나간다

누가 부르기에 돌아보니 골목이 새로 생겼다

문래동 밤고양이

밤에 골목에서 고양이를 마주쳤다. 힘없이 야옹, 야옹 울면서 뭔가 부르는 것 같았다. 잃어버린 새끼를 찾다 지친 울음이었을까. 자기를 사랑해주던 사람의 손길을 그리워하고 있었던 걸까.

코에 까만 얼룩무늬가 있었다. 어디서 본 듯한 얼굴이

160

었다. 혹시 누군가 애타게 찾던 그 고양이가 아닐까 싶어서 가만히 지켜보았다. 고양이는 힘없이 울면서 어둠 속으로 걸어가고 있었다. 몇 발자국 떨어져서 그 고양이의 뒤를 천천히 따라갔다. 나는 고양이를 무서워한다. 가까이 갈 수가 없다. 어디 가니, 하고 불렀다가 고양이가 슬며시 다가오기라도 하면 큰일이다. 그래서 부르지도 못하고 따라만 갔다.

느릿느릿 걷던 고양이가 문득 걸음을 멈추었다. 물론 나도 제자리에 멈추어 섰다. 고양이가 다가왔다. 큰일 났다. 나는 잔뜩 겁을 집어먹고 있었다. 고양이는 내 발목께를 스치며 자기 몸을 몇 번 부비는 것이었다. 까슬까슬한 고양이털이 느껴졌다. 내 온몸에 고양이털이 소스라치듯 자라나고 있었다. 고양이는 아예 내 발을 깔고 앉아 누워버렸다. 내가 흠칫 놀라 조금씩 발을 빼려 하자 두 발을 쭉 뻗어서 나를 잡으려고 했다.

고양이는 다시 바닥에서 일어나 어딘가 어둠 속으로 천천히 걸어 들어갔다. 나 혼자 남은 줄 알았는데, 내 발목

께 스친 까슬까슬한 그 무엇이 또 남아서 조용히 울고만

있었다.

.

가죽나무

소담상회와 나무수레 사이에 가죽나무가 자라 있다.

25m쯤 다 자란 크기다. 집과 집 사이의 좁은 틈바구니에

누가 나무를 애써 심었을 리는 없다. 바람에 날아온 씨앗

이 저만큼 자랐으리라. 봄이 되도 마냥 빈 가지뿐이었다.

다 늦어서야 느릿느릿 잎사귀를 틔웠다. 찬바람 불고 이

제야 이름을 물어보니 가죽나무라 한다. 책방의 다락방

창문으로 가죽나무가 보인다. 이상하게도 나는 여름보다

는 겨울에 창문으로 올려다보는 빈 가지가 더 아름답다.

한자어로는 가죽나무 저(樗)라고 쓴다. 쓸모없는 나무라

는 뜻이다. 참나무 역(櫟)을 붙인 저력(樗櫟)이라는 말은 쓸

모없는 인재라고 자신을 낮추어 부를 때 쓰인다. 겸손한

말이다. 그런데 나무 목(木)에 기우제 우(雩)가 붙어 있는 가죽나무 저(樗)는 예사롭지 않다. 이 나무 앞에서 기우제를 지냈던 것일까. 구전된 이야기에 의하면 무당이 제사를 지낼 때 가죽나무 잎사귀를 들고 춤을 추었다고 한다. 영어 이름을 찾아보았다. Tree of Heaven. 놀라운 일이다. 내 앞에 천국의 나무가 서 있다니!

떨어진 빈 가지 하나를 주워왔다. 바람이 심한 날에는 골목 안쪽으로 마치 회초리를 내려치듯이 가는 나뭇가지들이 떨어진다. 떨어진 가지를 손에 들고 보니 꼭 회초리 같다. 무엇을 내리칠 것인가. 열려라, 참깨! 아니 열려라, 천국! 열려라, 책방! 허공이나 후려치는데, 빈 가지만 힘없이 뚝 꺾이고 만다.

넷

더 먼 곳에서 돌아오는

— 문정희 시인

제주도를 여행할 때였다. 이튿날 바닷가를 따라 가다가 산간으로 들어서서 공항으로 빠져나가려고 했다. 목장의 말과 상록수만 보일 뿐 한적했다. 산중의 고요한 길에 접어들면서 눈발이 날리기 시작했다. 저만치 차량 한 대가 비상등을 켜고 길가에 서 있었다. 경찰차와 견인차가 보였다. 눈발에 미끄러져서 사고가 난 것인가. 눈발이 흩날렸지만 도로 위에 쌓이지는 않았다. 눈발이 조금씩 굵어지고 있었다. 뒷자리에 앉아 계시던 문정희 시인께서 조심해서 가자고 말씀하셨다.

"제가 십여 년 무사고예요."

운전을 하고 있던 나는 사고 한 번 낸 적 없다고 허세를
부렸다.

"아무리 그래도 지금이 중요하지. 천천히 갑시다."

오랜 경험은 그 오랜 시간을 거치면서 남은 것이다. 온
갖 일들과 부딪히고 섞이고 관계를 이루다가 남은 것이
오랜 경험이다. 남은 것, 그것은 바로 지금이다. 그러나 지
금은 또 처음 맞이하는 낯선 시간이기 때문에 지나온 이
력은 지금 이 시간에 다시 스며들어야 한다.

전날 와인 한 병을 마시고, 위아래 어느 방향이랄 수 없
이 몰아치는 제주의 세찬 밤바람을 맞았다. 파랑이 잠들
고 나면 잔잔한 물결 위에 달이 뜬다는 애월의 밤바다도
문정희 시인과 함께 보았다. 밤의 흥취가 아직 남아 있었
지만 제주의 고요한 산간 도로를 지나면서 나는 다시 지
금이라는 순간을 맞이하고 있었다.

168

눈은 하늘에서 오는 게 아니라

하늘보다

더 먼 곳에서 온다.

— 문정희, 「눈을 보며」 중에서(『문정희 시집』)

문정희 시인을 가끔 만나 뵙곤 한다. 한 시간 이상씩 전화 통화를 하고도 모자라 선생님은 더 해줄 이야기가 있다고 약속을 잡곤 한다. 그 곁에 가만히 앉아 있으면 이 세상 모든 곳의 이야기들이 흘러나온다. 신촌의 신혼집부터 뉴욕에 유학을 갔을 당시의 할렘을 거쳐 "자유가 돌멩이처럼 굴러다니는" 세계의 여러 도시와 예술가들의 이야기가 밤이 깊은 줄도 모르고 끊임없이 이어진다. 어쩌면 그 이야기들이 이 세상의 좁은 구석을 조금은 넓히고 있을 것이다. 제주에서도, 춘천에서도, 보성에서도, 삼성동에서도 시인의 이야기는 멀리서 내리는 눈처럼 스며들곤 한다. 그럴 때면 나는 "하늘보다 더 먼 곳에서" 오는 이야기들에 가만히 귀를 기울이게 된다.

아마도 내가 문정희 시인의 시를 처음 읽은 게 십대 후반이었을 것이다. 열아홉 살 때였다. 용산의 뿌리서점에서 시집 몇 권을 산 적이 있다. 그 중에 『문정희 시집』이 있었다. 비가 오는 밤이었다. 시집이 젖지 않게 품에 꼭 안고 왔던 기억이 난다. 문정희 시인의 첫 시집이다. 1973년 초판. 커버가 별도로 없는 양장본이었다. 붉은 비단으로 감싼 양장본이 고급스럽기는 했지만, 어쩐지 종이 커버가 따로 있을 것이라 생각해서 아쉽게 여기곤 했다.

그런데 어느 날 문정희 시인을 만나서 여쭤보니 커버는 없다고 하신다. 그러니까 내가 가진 시집은 온전했다. 지금 찾아보니 고서점 한 곳에서 유일하게 이 시집을 내놓고 있다. 찾기 어려운 희귀본이라고 설명을 달아 놓았다. 맞는 말이다. 어느 고서점에서도 이 시집을 보지 못했으니까.

나와 가장 가까운 그대 슬픔이

저 강물의 흐름이라 한들

내 하얀 기도가 햇빛 타고 와

그대 귓전 맴도는 바람이라 한들

나 그대 꿈속으로 들어갈 수 없고

그대 또한 내 꿈을 열 수 없으니

우리 힘껏 서로가 사랑한다 한들.

— 문정희, 「노래」(『문정희 시집』)

　시집을 펼치면 첫 번째로 수록된 시다. "그대 귓전에 맴
도는 바람이라 한들", "힘껏 서로가 사랑한다 한들", 다가
설 수 없는 슬픔은 살아가는 이의 운명인가 보다. 쉽게 사
는 건 실은 가장 어려운 일이다. 사랑 없이 사는 게 어려
운 것처럼. 도저히 그렇게 살아갈 수가 없는 이들이 있다.

'노래'하는 이들이다. 들어갈 수 없으면서도 떠나지 않는, 다가설 수조차 없으면서도 그리워하는, 그런 이들이 시를 짓는다. 문정희 시인은 만날 때마다 많은 이야기들을 정열적으로 내게 들려준다. 문득 그것이 '노래'가 아닐까 싶을 때도 있다. "하늘보다 더 먼 곳에서" 들려오는 '노래'는 지금 이곳에서 살아가는 이의 생생한 목소리다.

언젠가 문정희 시인께 첫 시집을 갖고 있다고 하니 이것도 다 인연이라고 하신다. '노래'는 다가서고, 스며든다. 내가 이 시집을 귀하게 소장하고 있는 것도 그 '노래' 때문일 것이다. 서로 다르면서 함께하려는 이 세상의 이치 또한 그러하리라. 인연이란 그런 것이다.

책장에 시집을 잘 올려놓고 사진을 찍어 SNS에 올려놓은 적이 있는데, 후배 시인이 그 이야기를 문정희 시인께 전한 모양이다. 어느 날은 전화를 하셔서 그 시집이 만들어진 내력을 이야기해주셨다. 나는 서정주 시인의 첫 시집 『화사집』을 각각 다른 영인본으로 세 권 갖고 있는데, 『문정희 시집』과 이 시집은 스승과 제자의 첫 시집이라는 점 외에도 특별한 이야기를 하나 더 갖고 있다.

"미당 선생이 자기도 화사집 낼 때 비단으로 특제본을 만들었다고, 나보고 그렇게 하라고 해서 만들게 되었지."

서정주의 『화사집』을 펼치면 내지에 빨간 사과를 물고 있는 뱀 그림이 있다. 시를 한 편 한 편 읽을수록 어떤 시원의 목소리를 듣는 듯하다. 문정희 시인의 시도 강렬한 원시성으로 가득하다. 내가 소장하고 있는 『화사집』과 『문정희 시집』은 이렇게 연결된다. 나도 어느 때부턴가 그 원시성에 집착하고 있다. 인도와 고비사막을 헤매고 다니며 알 수 없는 목소리를 들으려 했던 것도 다 그런 이유였다. 근원의 목소리, 태초의 언어를 내 시에 담고 싶었다.

문정희 시인은 당대에 가장 존경받는 시인일 것이다. 어느 그늘에도 숨지 않았던 시인은 오로지 자신의 삶과 세계의 언어를 통해 새로운 길을 나서고 있다. 산문집 『치명적 사랑을 못한 열등감』에서 "나는 진실로 한순간 한순간을 섬광처럼 살아보고 싶었다. 그 누구와도 다른 오직 나만의 모습으로 눈부시게 질주하고 싶었다. 그 누구와도 다른 오직 나만의 향기로 피어나고 싶었다. 그것은 틀림없이 외로운 질주가 될 것이다."라고 쓰고 있다. 어쩌면 시인의 '노래'는 자기로 돌아가는 것이 아니었을까. 자기가 되어야 그 누군가에게 다가설 수 있다. 자기가 아니라면 그 무엇이겠는가. 아무것도 아니다. 자기가 되지 않으면 다가설 수도 스며들 수도 없다. '노래'는 저 먼 곳에서 돌아온다. 그리고 자기가 된다. 그렇게 다시 '노래'가 된다.

1995년 미국 아이오와대 국제창작프로그램(IWP)에 참가했을 때, 대학 강사였던 한 여배우가 다가와서 "당신은 시인이다. 당신이 가진 아티스틱 라이선스(artistic license)가 부럽다!"고 말한 적이 있다고 한다. 이 여배우와의 만남은 문정희 시인에게 특별한 기억으로 남아 있다. 아티스틱 라이선스는 '시적 허용'이라는 의미다. 규범을 넘어서는 일이다. 언어는 근본적으로 강제되어 있다. 외부에서 주어진 것이지 자기 안에서 창조된 것이 아니다. 시인들은 문법을 넘어서려고 한다. 자기의 언어가 아니기 때문이다. 이 세계가 가리키는 방향이 아니라 스스로 느끼고 창조해내는 것이야말로 시인의 온전한 세계일 것이다.

내가 문정희 시인을 강단의 스승이 아니라 어머니처럼 여기는 이유는 다른 게 아니다. 바로 그 시원의 언어들 때문이다. 그 무엇에 기대지 않고 그 어느 곳에도 예속되지 않은 자유로운 언어. 이제까지 없었던 것이 아니라 오랫동안 잊고 있었던 사라져버린 언어. 그래도 내 안에 여전히 잠재되어 있는 처음의 언어. 문정희 시인은 바로 그런 언어로 '노래'하는 거의 유일한 시인이다. 나도 어느 먼 곳을 돌아와서 그 곁에 가만히 앉아 있고 싶다. 언젠가 자기 자신으로 돌아갈 수만 있다면, 그럴 수만 있다면.

장정일, 디아스포라, 독서광시대(讀書狂時代)

장정일과 함께 길을 걸어본 사람은 안다. 그의 걸음은 대단히 빠르다. 종로 1가 근방의 찻집으로 자리를 잡으려 했지만 그는 넓고 조용한 곳이 있다며 이내 앞장서기 시작했다. 그를 따라가는 내 걸음은 분명 보도를 걷고 있었지만 마치 바람을 딛는 듯한 그의 걸음을 따라 물처럼 흐르는 것만 같았다. 옛 한국일보 앞에서 우리가 찾아낸 목적지는 예전의 명성을 말해주는 듯한 간판만이 붙어 있을 뿐, 커다란 유리창으로 벽을 두른 아늑한 공간은 텅 빈 채로 새로운 주인을 기다리고 있었다.

장정일은 소설을 쓰면서 서울 생활을 시작했다가 소설을 쓴 대가(?)로 다시 대구로 내려가서 오랜 기간 머물렀다. 그리고 다시 서울로 돌아온 지 2년쯤 되어가고 있다. 그가 빠른 걸음으로 걸어갔던 도시는 새로운 지형도를 그리며 끊임없이 움직이고 있었다. 우리는 다시 원점으로 돌아왔다. 도시의 공간이 그 어떠한 지시대상과도 무관한 자의적인 기호에 불과하다면 우리는 바로 그 지점에서 다시 만나게 된 셈이었다. 공간은 추억과 깊은 관계가 있다. 그러나 도시는 그런 추억을 허락하지 않는다. 그래서였는지는 몰라도 나는 거의 의식적으로 그에 대한 추억을 늘어놓는 것을 경계했다. 그렇다. 분명 이건 자의적인 만남이다.

"인터뷰요, 그거 다 거짓말이에요."

그는 인터뷰를 잘 하지 않기로 유명하다. 여러 이유가 있겠지만, 그의 말처럼 인터뷰는 거짓이라는 혐의를 벗기 힘들기 때문에 가능하다면 하지 않는 게 좋을 것이다. 인터뷰를 하는 사람과 인터뷰를 당하는 사람 중에 어느 쪽이 더 거짓에 가까울까. 그럼에도 불구하고 우리는 실체와 본질이 탈각된 자의성의 합의된 약속이 오히려 편안하게 느껴졌는지 '거짓'이라는 형식을 서로 묵인하고 있었다.

오래전에 그는 이렇게 말했다. "나는 문학이 직업이 아니라면 구역질이 난다"라고. 내가 자리에 앉자마자 던진 질문은 아직도 이 말이 유효한지 확인하는 것이었다. 따지고 보면, 문제적 작가로서 그 자리를 한 번도 내어준 적이 없는 그에게 어떤 경제적 수치로 환산할 수 있는 영역을 확인하고 싶은 마음은 아니었다. 문학이 자본주의의 시녀라는 직업으로 전락하지는 않았는지, 이에 대한 그의 생각을 듣고 싶어서였다.

"모더니스트의 도시에서 성장했고, 또 제가 문학을 할 때 주변의 대부분이 본업을 따로 가진 분들이 많아서였을 것 같습니다. 직업이라는 개념은 그러한 환경에서 자연스럽게 맞닥뜨리게 된 정체성의 문제였어요."

나는 문학이 현대 도시가 떠안은 검은 근대성의 재앙에 대한 비판적 성찰과 저항의 한 축으로서 존재한다는, 다분히 선명한 경계를 그어놓는 대립적 시선을 가졌던 것 같다. 그는 작가로서의 자의식을 문제적 공간에서 마주하기 시작했기 때문에 오히려 성찰과 전망이라는 또 다른 억압 구조의 이항대립적인 닫힌 세계를 자유롭게 넘나들 수 있었던 것 같다.

"발자크와 같은 서구 작가와 달리 신문학을 했던 우리의 근대 작가들은 보통 화폐경제에는 무관심했어요. 오히려 그러한 문제를 깊이 인식하고 몸으로 부딪쳐야 시대를 관류하는 냉철한 현실인식이 생기겠지요."

달리 말하면 그의 직업은 현실에 천착한 비판적인 자의식의 성장과 같은 의미일 것이다. 그는 여전히 새로운 '주체'의 외연을 확장하는 중이라는 것을 느낄 수 있었다.

『독서일기』가 일곱 번째 책으로 묶여 나왔다. 어느새 십 년이 넘었다. 앞서 나온 『장정일의 공부』는 일정한 주제 아래 책읽기가 이루어지는 데 반해 『독서일기』에서의 책읽기는 어떤 틀에 사로잡히지 않는 자유로움을 지향하는 게 특색이다. 서평이나 비평, 칼럼과 같은 형식이 아니라 '일기'라는 지극히 개인적인 기록을 통해 얻을 수 있는 것은 보다 유연하고 솔직한 사유의 흐름이다.

헌책방을 순례하는 사람들 사이에 공유되는 독특한 정보들이 있는데, "어디에 가면 장정일이 내놓은 책들이 많다"는 게 그 중 하나다. 그만큼 그는 대단한 독서가로 명망이 높다. 그렇다면 책에 관한 한 어떤 경지에 이르지 않았을까 싶은데, 책에 관한 그의 감식력에 대해 알고 싶은 건 비단 나만이 아닐 것이다.

"보통은 좋은 책이라는 게 존재하는 게 아니에요. 무슨 말인가 하면, 아무리 주변에서 권한다 하더라도 읽는 이에게 맞지 않으면 소용이 없거든요. 좋은 책이란 읽는 이에게 가장 잘 어울리는 책입니다. 먼저 책을 선택할 때 자기에게 동기부여가 되어야 해요."

책을 읽는다는 것은 세상을 향해 자기를 열어놓는 행위다. 자기 안의 화를 잠재우기 위해 지평선을 향해 일직선으로 걸어가서 화가 풀린 지점에 표시를 해두었던 에스키모처럼 책읽기는 자기 안에 자기 아닌 것들, 즉 타자라는 무한한 외연으로 뻗어나가면서 위대한 '자기'를 세우는 일이다.

"자기가 간절히 원하는 게 무엇인지를 먼저 헤아려본다면 무슨 책을 읽어야 할지 보다 선명해지겠지요. 책을 읽으려 하지 않고 또 어떤 책을 골라야 하는지도 모른다는 것은 그만큼 자기에게 절실한 게 무엇인지 아직 모른다는 것과도 같습니다. 간절히 원하는 마음을 갖는 것이 좋은 책을 선택하는 가장 좋은 방법이 아닐까요."

이번 『독서일기』를 보면 독서에 관한 그의 생각이 어떻게 변해왔는지 보여주는 대목이 나온다. 이미 그가 밝혀왔듯이 독서는 지식을 가르쳐주는 매우 훌륭한 교사였다. 게다가 이를 바탕으로 자기만의 입장을 세울 수 있게 된 것이다. 그는 이러한 독서를 '개인적인 재산'이라고 부른다. 그러나 이제 그에게 독서는 "다른 사람과 이해와 사랑을 나누는 방법"이다. "지식을 소유하는 것이 아니라, 책을 통해 타인과의 관계를 맺어 가게 된 것"이 그의 독서가 도달한 지점이다. 그래서 그는 끊임없이 책을 읽고 또 타인과 나누기 위해 헌책방에 책을 내놓는다. 그는 대화 중에 '순환한다'라는 표현을 썼다. 그가 읽은 책 중에 안드레아 케르베이커의 『책의 자서전』은 현대 문명에 밀려나는 기인한 책의 운명을 따라가고 있지만, 간절한 기원을 가진 이들의 손길과 함께 나누고 순환하면서 새로운 관계를 맺어나가는 책의 운명은 결코 암울하지 않다.

우리 발밑에 황금이 널려 있지만 금광을 개발하는 비용이 금값보다 더 많이 들기 때문에 저 황금광시대는 저물었다. 그러나 우리의 독서광시대는 소비 사회의 기호가치와 그 무엇이든 상품으로 만드는 계산공간을 무화시킴으로써 새로운 시대정신을 만들어낼 것이다. 그가 전봉관의 『황금광시대』를 읽을 때 세계 정세와 당대적 질서의 넓은 시선을 가지려 했던 것처럼 독서는 고정불변의 주체로 닫혀 있는 것을 경계하고 끊임없이 흐르고 교류하며 이질적인 것들과 관계를 맺는 세계의 첫 번째 문을 열기 시작한다.

그는 초판에 대한 애착이 강하다. 책을 읽기 전에 꼭 손을 씻는다거나 책장을 접고 밑줄을 치는 등 책을 훼손하는 것을 싫어한다는 얘기는 오래전부터 유명했다. 그는 책에 관해서 만큼은 염결주의자다. 그것은 분명 탐욕스러운 수집가의 욕망과 다른 것이다. 흔히 어떤 순수성에 대한 상징으로 볼 수 있는 초판에 대한 애착은 그에게는 조금 다른 의미를 갖는 듯하다. 『책의 자서전』이 출간되면서 자랑스럽게 서점 진열대에 오를 기회가 있었지만 당대의 위대한 작가의 책에 밀려 영예를 누리지 못한 상황을 자신의 체험에 빗대어 말하는 점을 볼 때 그가 가진 초판에 대한 애착은 '영원히 남는 작품'을 쓰고자 하는 작가의 아름다운 욕망임에 틀림없다.

그는 『독서일기』에서 '영원히 남는 작품'을 쓰려 했던 것은 단지 희망이었을 뿐이며, 그저 한 시대와 같이 호흡할 수 있었다는 점만으로 위안을 삼는다고 고백하고 있다. 그러나 나는 그렇게 생각하지 않는다. 감히 말할 수 있다면, 그는 시간을 견뎌낸 몇 안 되는 작가다. 그 믿음이 더욱 굳건해지는 것은 『독서일기』에서도 밝히고 있듯이 그가 새로운 작품을 준비하고 있기 때문이다.

"아마도 양쪽에서 돌이 날아올 거예요."

그는 조용히 미소 짓고 있었다. 머잖아 그는 논쟁의 한복판에 자기의 '초판'을 또 올려놓을 것이다. 그것은 아마도 도스토예프스키가 시베리아 유형지에서 '혼자'가 되려고 간절히 기원했던 것처럼 작가와 이 미로 속에 갇힌 세계와의 혹독한 만남 속에서 이루어질 것이다. 그는 행복한 도시 망명자다. 그는 우리가 갖지 못한 또 다른 시각으로 끊임없이 현실의 지배담론을 넘어서서 그 균열을 들여다보고, 두 발로 아스팔트 위를 성큼성큼 걸어다니는 아름다운 디아스포라다.

추모, 금은돌

— 그녀의 마지막 모습

하도 안부가 궁금해서 몇몇 지인들이 모였다. 시절 탓인지 다들 모처럼 세상에 나온 듯한 얼굴들이었다. 이런저런 이야기를 나누다가 모 계간지 편집위원을 맡고 있는 평론가 형이 '시와 그림'을 주제로 한 좌담을 준비하고 있다고 하면서 내게 조언을 구했다. 시를 쓰며 그림 작업을 하는 이가 흔하지 않으니 내게 기대어 보려 한 모양이었다. 몇몇 이름이 떠올랐지만, 그래도 부족했다.

"이런 자리는 금은돌 시인이 제격인데요."

"맞아. 아……. 참 안타깝네."

갑자기 금은돌 시인의 빈자리가 곁으로 다가온 날이었다.

[부고] 금은돌 시인 본인상

빈소 : 안성 성요셉병원장례식장 101호

발인 : 4월 17일 오후 1시

발인 하루 전날 오전 10시 39분에 부고 문자가 왔다.

"누가 오타를 쳤나 보군."

이거 뭐지 하는 마음이 먼저였지만, 이내 급하게 소식을 전하다가 누군가 오타를 쳤겠거니 싶었다. 그러나 수정된 부고 문자는 다시 오지 않았다.

"저…… 어떻게 된 거예요?"

함께 동인 활동을 하고 있는 이에게 연락을 해보는 방법밖에 없었다.

"지병이 있었나 봐."

'본인상'이라는 부고는 처음 받았다. 게다가 금은돌 시인을 만난 지 며칠 되지도 않았다. 그사이에 몇 차례 연락을 주고받기도 했다.

내가 운영하는 출판사 〈청색종이〉에서 금은돌 시인의 책을 내기로 하고 문래동에서 저녁 식사를 하며 여러 이야기를 나누었다. 그녀는 모 계간지에 2년 가까이 비평을 연재하고 있었다. 편당 100매가 넘는 빼곡한 문장으로 시와 미술, 예술에 관한 사유들을 풀어나가고 있었다. 누구나 쉽게 다가설 수 있는 작업이 아니었다. 오직 금은돌 시인만이 할 수 있는 일이었다. 그래서 책을 묶어 보자고 함께 뜻을 모았던 터였다.

노트북을 들고 온 금은돌 시인은 그간 정리했던 원고 폴더를 보여주었다. 나는 이미 읽었던 글들이라 반가웠다. 독특한 글이었다. 파울 클레와 진은영의 시, 훈데르트바서와 이제니의 시, 마르셀 뒤샹과 이상의 시를 함께 바라보는 시선에 관심이 가지 않을 수 없었다. 특히 미술에 관한 글이 많았다. 그래서 레지던시 경험을 기록한 글도 추가하기로 의견을 나누었다.

"그런데 시집은 준비하고 계신가요?"

시인이니 당연하게도 첫 시집에 관한 궁금증이 먼저였다. 역시 그녀의 생각은 남달랐다. 그녀가 설명하는 시집의 형태는 언어를 넘어서고 있었다. 마치 길게 펼쳐볼 수 있는 도록 같은 느낌이었다. 아이디어 정도로 취급할 수 있는 것이 아니었다. 화가로서 시각 작업을 해오면서 자연스럽게 몸으로 살아온 기록이자 지향이었을 것이다. 그녀는 무척이나 시집을 내고 싶어했다. 첫 시집이 될 터이니 오랫동안 숙고했던 어떤 예술적 바람을 구체화할 수 있는 자리가 될 것이 분명했다.

먼저 시와 미술, 예술에 관한 책을 묶어내고 나면 그녀와 함께 뭔가 또 다른 작업을 할 수 있겠다 싶었다. 우선 책이 나오면 〈청색종이〉의 작은 공간에서 그녀의 그림을 전시하자고 했다. 이미 여러 차례 개인전과 그룹전에 참여한 바 있는 화가였으니 그간의 작업을 함께 연결하면 앞으로 나아갈 바를 찾게 될지도 모르는 일이었다.

그녀는 시인들의 자의식에 대해 오래 이야기를 했다.

그림을 그리는 이들과 시인들의 자의식이 어떤 욕망 앞에서 나누어지는지 관심을 보였다. 그녀는 교통사고를 당한 이후 그림을 그리며 스스로 치유의 나날을 보냈다고 했다. 시로 다 풀어내지 못한 자의식을 그림으로 채워나가고 있었다. 그래서 또 다른 그림으로 형상화되며 시를 넘어서는 시를 이루려고 했는지 모른다.

금은돌 시인의 원고는 사후에 아들 조원효 시인을 통해 받게 되었다. 마지막 날까지도 원고를 정리하느라 밤새 붙들고 있었을 금은돌 시인의 모습을 떠올려 본다. 문래동에서 저녁 식사를 함께하고 헤어지던 뒷모습이 아직도 선연하다. 원고를 조금 더 정리해서 보내겠다고, 안성으로 내려가지 않고 연희동 아들 집으로 간다고, 무척 기쁜 날이라고 하던 그 모습이 내 앞에 그대로 남아 있다.

이제 자신만의 세상을 펼쳐나가기 시작한 시인이었는데, 갑작스런 빈자리는 그래서 더욱 안타까울 수밖에 없다. 나와는 동년배였다. 앞으로 할 이야기들이 많겠구나 싶었다. 그런 기대가 있었다. 앞으로도 많은 날을 함께 바라볼 동료라 느꼈다. 시인이 남긴 원고를 다시 매만져 본다. 부디 아프지 마소서. 다시 만나요. 그때 또 긴 이야기를 이어가요. 나도 아프지 않을게요. 견뎌 볼게요.

들길 지나며

— 신동엽 시인에게

제1신

어제 하루는 고단했습니다. 누군가를 불러내려다가 그만두고 집으로 향하는 지하철을 타려는데 낯익은 백발의 어른 한 분이 굳은 입술을 다물고 피곤한 듯 서 계시네요. 부당한 해임에 맞서 출근투쟁을 하고 있는 그이 앞을 차마 지나치지 못하고 몇 발짝 옆에 멈춰 서서 속으로만 힘내시라고 마음을 전하고 왔습니다. 같은 칸에 타게 되면 꼭 이기시라고 주먹에 힘이라도 쥐어 보이려 했는데, 열차는 서로 다른 칸의 문을 열어놓았네요.

일찍 잠에 들었다가 깨어보니 캄캄한 새벽입니다. 먼 금강 줄기 내려다보며 머루알 깨무는 날들이 하루하루 길어지고 있습니다. 그래도 긴 밤을 새며 견뎌보려 합니다. 어느새 흰 물굽이가 내려다보이는 듯한 아침입니다. 창밖엔 작은 눈송이들이 펄펄 내립니다. 중부지방에 대설주의보가 내렸습니다.

잠 덜 깬 아들 녀석을 학교 앞까지 바래다주고 오는데, 반쯤 눈 녹아 쌓인 길이 질척거립니다. 황폐한 땅에도 아침이 온다고 하셨지요. 새벽이면 아득한 평야에 어디서든 가벼운 휘파람 소리가 울린다고 하셨지요. 그러나 밤새 제 눈에는 물먹은 별이 뜨지 않았나 봅니다. 석류알처럼 피어나던 얼굴은 기억에도 아득할 뿐입니다. 어제 빌려 쓰고 온 우산이 신발장 앞에 아직 젖어 있습니다.

제2신

상기된 얼굴과 맑은 두 눈으로, 숨결도 뜨겁게 집에 들어선 당신은 거리에서 본 희망을 그대로 품에 안고 있었겠지요. 젖은 발을 말리려고 부스러진 나뭇잎과 검불 따위를 긁어모아 피우던 주먹만 한 모닥불이 황토현 잔솔밭과 우금치 계곡에서만 타오른 것은 아니었습니다. 당신의 가슴속에서 그 불꽃이 점점 커다랗게 타오르고 있었겠지요.

밤늦은 시간 홀로 책상에 앉아 시를 쓰며 당신은 외세에 굴하지 않은 민중의 푸르른 생명력에 당신의 시를 바쳤습니다. 강은 유유히 흘러야 하고 아무리 준령의 고갯길이 높아도 길은 막히지 않고 어디나 열려 있어야 합니다. 물새가 이른 아침 눈을 뜨고 노루와 곰이 산마루를 넘는 곳에서 당신은 진정 살아 있음의 숨결을 느꼈을 것입니다.

누군가는 벽을 넘어서고 무너뜨리는 데 일생을 다 바쳐

야만 했습니다. 그래도 벽은 여전히 가로막혀 있습니다. 맹렬해지고 있습니다. 벽의 나라에서는 무엇이든 벽 앞에만 서면 주먹이 되기도 하고 눈물이 되기도 했습니다. 누구나 어둔 벽에 바짝 귀를 대고 살았습니다. 쫓기거나 골목 안쪽에서 안도의 한숨을 쉬기도 했습니다.

벽을 무너뜨리고 나면 벽을 넘어서고 나면 그래도 뭔가 달라질 줄 알았습니다. 모두가 같은 말을 하기 전에는, 모두가 같은 하루를 살기 전에는 알지 못했습니다. 높은 벽을 둘러치고 소수의 이익과 권력을 위해 분단 상황을 고착화하려는 저들의 거짓 기호는 그 누구도 무너뜨릴 수 없는 제도화된 권력을 만들어냈습니다.

역사의 종말을 버젓이 부르짖는 자들 앞에서 '혁명'은 지난 시대와 함께 사라진 사어(死語)일 뿐이었습니다. 그 누구도 쓰지 않는 무형명사가 되었습니다. 열심히 일한 자가 카드 한 장 들고 여행을 떠나는 자유의 나라에서 풍요의 나라에서 그 누구도 보이지 않는 벽을 무너뜨리려 하지 않습니다. 현실을 왜곡하는 말장난이 정치성이 되

고, 요란스런 처세술이 전위가 되는 나라에서 당신의 시
는 더이상 아무런 의미도 희망도 찾을 수 없는 것이 되어
버렸습니다.

제3신

당신께 쓰는 이 편지를 아직 다 쓰지도 못했는데, 문득
이 편지를 어디에 부쳐야 할지 모르겠습니다. 당신의 시
처럼, 멀리 놓고 생각만 하다 마는 그리움으로 이 편지를
부치지 못하고 혼자만 간직해야 할지도 모르겠습니다. 오
랫동안 당신의 시를 잊고 있었습니다. 당신이 부슬비 내
리는 종로5가 네거리에서 마주쳤던 한 소년을 잊은 지 오
래 되었습니다. 저에게도 한때는 죄 없이 크고 맑았던 한
소년의 눈동자가 있었을까요. 그 소년은 당신에게 동대문
이 어디인지 물었었지요.
작년에 전태일기념사업회를 찾아가는 길이었습니다.

좁은 골목길 앞에서 약도를 펼쳐 길을 묻던 그 순간 저는 당신이 만났던 그 소년을 떠올리고는 오랜 기억 하나를 더듬거렸습니다. 그러나 그 기쁨보다 어떤 알 수 없는 슬픔을 느끼고야 말았습니다.

1894년 3월, 1919년 3월, 1960년 4월, 그리고 2009년 5월의 저녁길을 저는 헤매고만 있었습니다. 저녁노을이 드리워진 들길에서 수수밭 붉게 물든 어느 사잇길에서 다시 만날지 모른다고 하셨지요. 스칸디나비아 어디인가 대통령이 자전거 뒤에 막걸리를 싣고 시인의 집을 찾아가는 그 길도 석양으로 밝게 저무는 길이었지요.

삼십 리 시골길, 시인의 집에 제 편지를 부치려 합니다. 수수한 차림의 서민 대통령이 아니라, 격식 없이 평등한 국무총리가 아니라 그저 한 사람의 시인으로 말입니다. 대통령과 국무총리와 국회의원과 장관이 아니라, 장학사도 위원장도 무슨무슨 회장도 아닌 오로지 시인이 되고자 합니다.

이 세상은 그저 정권만 바뀐 게 아니었습니다. 그 어느 편의 권력이 헤게모니를 장악한 게 아니었습니다. 능력만 있다면, 아니 보다 많은 자본을 축적할 수만 있다면 도덕성 따위는 아무런 문제가 되지 않는다고 대답한 수많은 국민이 있는 한 권력은 더욱 더 타락할 것입니다.

삼십 리 시골길을 자전거 타고 가는 대통령을 저는 원하지 않습니다. 서울역 삼등대합실 매표구 앞에 줄 서 있는 국무총리를 원하지 않습니다. 그런 분들이 시인의 집에 막걸리병을 들고 찾아가는 것이 그리 반갑지 않습니다. 한 사람에 의해 좌지우지될 세상이라면, 누군가에게 제 삶을 내맡겨야 하는 세상이라면 우리가 그토록 찾아야 할 자유는 어디에서도 구할 수 없을 것입니다.

시인의 집에는 곰나루의 아우성을 건너와서 언제나 초례청 앞에 서 있는 마음으로 사는 이들이 찾아가야 하고, 삼천리 마을마다 논밭에서 비로소 움튼 이른 봄의 살아 있는 숨결이 찾아가야 합니다.

제4신

지난해 당신께서 작고하신 지 40주기를 맞이했습니다. 부여에 신동엽문학관을 세운다는 착공 소식도 전해옵니다. 당신의 문학을 새롭게 이해하기 위해 많은 후학들이 모여 신동엽학회를 세웠습니다. 외세와 분단, 민주화 등 역사와 당대적 현실 문제에 천착하셨지만 그 중심에는 그 무엇으로도 대신할 수 없는 '자유'의 정신이 있었습니다.

민족주의로 모든 것을 읽어내려는 좁은 시선은 진정한 당신의 문학 세계를 이해하는 데 분명한 한계를 드러내기도 했습니다. 민족주의가 결코 굴레일 수는 없습니다. 그러나 그 편협한 시선은 때로는 억압이 될 수도 있습니다. 이제 당신의 문학 세계는 새롭게 읽히게 되리라는 생각을 가져 봅니다.

당신은 너무나도 빨리 우리 곁을 떠나셨습니다. 저는 당신이 작고하신 이후에 태어났지요. 같은 하늘 아래 살지 못했습니다. 그러나 먹구름을 하늘로 알고 자랐던 저에게도 맑은 하늘이 있다는 것을 깨우쳐주셨기에 언젠가는 맑은 하늘을 바라보는 같은 하늘 아래 살아갈 날이 오리라 기다려 봅니다. 그날이 오면 당신은 결코 우리 곁을 떠난 게 아니라 언제나 우리와 함께 살아 계실 것입니다.

이제 곧 사월입니다. 아니, 언제나 사월이었지요. 그게 사월의 '정신'이었습니다. 사월은 갈아엎는 달이라 하셨지요. 가슴에 속잎 돋아나는 사월은 곰나루에서 광화문에서 남일당에서 영원할 것입니다. 진달래 피어 능선마다 출렁이듯 아직도 많은 이들이 가슴마다 사월을 품고 있습니다. 논밭을 갈아엎어 씨를 뿌리듯, 세상을 갈아엎어 푸른 보리밭 비단결처럼 출렁이듯 당신의 시를 읽겠습니다.

어느 들길 지나는 길손이 되어서 당신을 부르던 하늘을 올려다보겠습니다. 마치 당신의 숨결처럼, 내 눈빛과 맑은 하늘 사이를 바람 한 점 스쳐가겠지요.

어떤 택시 드라이버

택시를 타고 집에 오는데, 기사 분께서 길을 잘 못 찾는다. 내비게이션을 따라서 가는 데도 길을 놓치고 엉뚱한 길로 한 바퀴 멀리 돌아가게 되었다. 차비가 올라가는 속도가 무서울 정도였다.

속으로 차비 좀 빼달라고 해야 하는 거 아닐까 싶었지만, 카드로 계산하면 그것도 어려울 것 같았다. 그러고 있는데, 또 엉뚱한 길로 빠지려고 한다.

"직진해주세요. 1차선 따라서 계속 가주세요."

"길 아시나 봐요."

"네, 이 길을 잘 알아요. 수원에 산 지가 벌써 15년이나 되는 걸요. 사거리 지나 좌회전해서 직진해주세요."

"여긴 길이 잘 나 있네요."

"아, 네. 택지개발지역이라 조용하고 살기 좋아요."

내내 말이 없던 기사 분께서 도착지에 다 와 가자 그제야 말문을 열기 시작했다.

"처가가 저쪽 한일타운이라서 와본 적이 있는데, 사당까지 15분이면 가더라고요."

"네, 길 안 막히면 거기서 그쯤 걸릴 거예요."

"여기서 조금만 가면 조원동이잖아요. 장인이 수원에서 사당까지 가는 버스가 밤늦게까지 있다고 해서 느지막이 나섰다가 한 30분 기다렸을까요. 앱으로 찾아보니 버스는 차고지에 있더라고요. 그래서 택시 타고 갔는데 3만 원이나 나와요."

"택시 타면 그렇죠. 길이 좋아 금방 가기는 하지만, 그래도 거리가 좀 있지요."

아마도 기사 분께서는 길을 잘못 들어서 초과된 요금이 신경 쓰였을 것이다. 서울까지 15분이면 갈 수 있는 거리인데, 택시를 타면 요금이 만만치 않다는 것을 내게 말하고 있었던 것일까.

"처가에서는 내가 운전하는 거 몰라요."

"네? 운전하신 지 얼마 안 되셨나 봐요."

"아니요. 3년쯤 됐습니다. 이런 일 하는 거 썩 달가워하지 않거든요. 처가가 좀 따지는 쪽이에요."

"아, 네."

무슨 얘긴지 알 수 있었다. 나는 그저 이해한다고 작은 탄식만 내뱉을 뿐이었다.

"섬유수출입 하는 일을 했는데, 회사 나오고서 옷장사를 했어요. 그쪽 분야는 잘 안다고 생각했는데, 그게 아니더라고요. 망해먹었죠."

"의류 쪽이 마진도 그렇고 쉽지 않을 거예요."

"사업은 하는 게 아니더군요."

영세자영업자의 95%가 3년 안에 망한다고 나도 어디

선가 들은 말이 생각나서 맞장구를 쳤다.

"뭐라도 해야 되잖아요. 안 할 수도 없고. 애들이 직장을 얻으면 좋을 텐데, 그것도 쉽지 않아요. 대학원에 간다 이러는데, 갈수록 생활이 어려워지더군요."

머리가 희끗한 것을 보니 아마도 그는 섬유 관련 회사에서 조금 이르게 명예퇴직을 했을 것이다. 그리고 퇴직금으로 장사를 시작했을 것이다. 그도 영락없는 자영업자였으리라. 그것도 95%에 속한 영세자영업자.

"사업은 하는 게 아니에요. 그냥 가지고 있는 거 지키기만 해도 성공하는 거죠."

사업은 하는 게 아니라는 말에 대꾸를 할 수는 없었다. 그는 영세자영업자였다. 그가 방금 나를 내려주고 간 곳도 전국에서 영세자영업자가 가장 많다는 곳이다. 내 주변에도 소자본으로 창업을 했다가 3년을 못 넘기고 문을 닫은 이들이 많다. 아마도 그는 이곳을 지나칠 때마다 후회와 부끄러움과 어떤 알 수 없는 분노를 애써 외면하느라 힘들어 할지도 모른다. 택시 문을 열고 나오면서 나는 고맙다고 인사만 했다. 달리 어쩔 수가 없었다. 나도 곧 영세자영업자가 될지도 모르지만, 그렇다고 영세자영업자가 되지 않을 도리도 없었다.

내가 만든 세상

동대문 디자인플라자에서 도서 행사를 마친 후 무거운 책짐을 싸들고 택시에 탔다.

"문래근린공원이요."

택시 기사는 핸드폰의 네비게이션을 열고 입 가까이 대고는 또박또박 목적지를 말했다.

"참 좋아졌죠. 이거 누가 만든 줄 아세요?"

나는 뭐라 대답할 말을 잊고 미소만 짓고 있었다.

"손님처럼 똑똑한 사람이 만들었어요. 사람은 똑똑해야

하는데, 전 공부도 못 하고 하지도 않아서 어렵게 살고 있네요. 사람은 공부를 해야 해요."

참 겸손한 분이구나 싶었다.

"에이 그런 게 어디 있어요. 다 자기에 맞게 살아가는 거죠."

택시 기사는 내가 든 책짐이 누군가에게 줄 선물꾸러미라고 생각했는지, 나를 문래동 신사라고 부르기까지 했다. 좀 과하다 싶기는 했지만, 세상에 차고 넘치는 혐오와 빈정거림과 이유 없는 분노의 말들 속에서 덕담은 잠시 피로를 잊게 했다.

그 택시 기사가 하루 지나서 다시 떠올랐다. 첨단 기술은 과연 똑똑한 사람들이 만들었을까. 택시는, 이 도로는, 신호등은, 질서는 과연 똑똑한 사람들이 만들었을까.

의문이 들기 시작했다. 택시 기사와 토론을 하는 일을 삼가하는 편이라 깊이 생각하지는 못했다. 이렇게 대답을 했으면 어떠했을까.

"똑똑한 사람이 만든 게 아니라 그런 기술을 필요로 하는 문화가 있어서 만들어졌겠지요."

한두 사람의 똑똑한 양반들이 이 세상을 만들어나가는 것은 절대 아니다. 우리는 늘 영웅 컴플렉스에 사로잡혀 있다. 인물을 필요로 한다. 그 영웅도 인물도 우리가 만들어낸다는 것을 늘 잊곤 한다.

그러니까 그 첨단의 음성인식 기술은 우리가 만든 거예요. 우리가. 그러니까 나베도 우리가 만들었고, 서초동도 우리가 만들었어요. 나도 우리가 만들었을 거예요.

그리고 보니 내가 아저씨를 만들었네.

교도소 프로그램

교도소는 흔히 처벌의 의미로 죄인들을 가둬두는 곳이
라 알려져 있다. 그러나 교도소의 진정한 목적은 다른 데
있다. 수인들을 다시 사회에 돌려보내기 위해서 교화하는
것이 가장 중요한 목적이다. 그런 차원에서 마련된 프로
그램에 참여할 기회가 있었다. 여주에 있는 교도소에 시
를 가르치러 갔다. 가르친다기보다는 함께 시를 나누려
고 했다. 어떤 시를 읽고 있으면 수인들이 고개를 푹 숙이
며 눈물을 흘린다고 해서 나도 그런 시를 한 편 고르려 했

다. 어떤 슬픔이 참회에 이를 것인가. 시는 그렇게 마음을 치고 들어가 맑은 눈물로 뜨겁게 흘러내릴 것이라고 생각했다. 물론 남의 시를 가져갈 이유는 없었다. 그것은 나의 이야기가 아니기 때문이었다. 내가 알지 못하는 시를 놓고 서로 모르는 이들과 교감을 할 수는 없었다. 그래서 내가 쓴 시를 골랐다.

다들 이게 뭔가 싶은 표정이었다. 얼굴에 감정의 변화가 전혀 드러나지 않았다. 실은 그러리라 짐작했다. 처음 만나서 무슨 교감을 나눌 수 있겠는가. 나보다 젊은 청년들도 있었고 벌써 현역에서 은퇴했어야 할 분들도 보였다. 직장에서 한창 일해야 할 장년층도 보였다. 눈매가 예사롭지 않은 한 청년은 그러나 몇 번 나와 눈이 마주치는 동안 오래전에 잃어버렸던 어떤 얼굴로 다시 돌아오고 있었다. 그때였다. 누군가 손을 번쩍 들고 질문을 했다.

"강사님은 자신의 시를 외우고 있습니까?"

몇 번 말문을 트려고 가벼운 질문을 해보았지만 별다른 대답을 얻지 못한 상태로 겨우겨우 내 이야기를 끌고 가

고 있을 때였다. 느닷없는 질문이었다. 아마도 시에 대해
가진 가장 큰 의문이었으리라.

"아니요. 전 제가 쓴 시를 단 한 편도 외우지 못해요. 아
니, 외우지 않아요."

자신이 쓴 시조차 외우지 않다니, 다들 의아한 표정이
었다.

"오래전에 학교 다닐 때 늘 시를 암송했지요. 그러나 그
게 썩 좋은 방법 같지는 않아요. 시를 외우고 나면 그 시
를 보다 깊이 이해할 것 같지만 실은 그렇지 않아요. 오히
려 자기가 외운 시를 달달 입으로만 발음할 뿐이지요. 그
저 따라서 하는 것이에요. 시는 그런 게 아니라고 생각해
요. 시는 늘 새롭게 읽혀야 하거든요. 그래서 시를 거듭
읽을 때마다 마치 처음 보는 듯 새롭게 느껴지는 경우가
있습니다. 아마도 시를 외우고 나면 시의 다른 모습이 보
이지 않을 것 같아요. 외워버리고 나면 그뿐입니다. 그래
서 저는 제 시를 외우지 않아요. 한 번 외우고 나면 그 시
에 사로잡혀서 또 다른 시를 쓰지 못할 거예요. 인도에 바

울이라는 떠돌이 악사들이 있어요. 그들은 평생 같은 노래를 두 번 부르지 않는다고 해요. 늘 자신의 노래를 새롭게 부르지요. 우리의 삶이 멈춰져 있지 않고 늘 다르게 변화하듯이 시도 노래도 삶의 매 순간처럼 끊임없이 다르게 쓰이고 불리는 것이지요."

시를 외울 필요가 없다고 하니, 다들 얼굴이 환해졌다. 뭔가 불편한 숙제 하나를 해결한 듯한 표정들이었다. 그렇게 서로 말문이 조금씩 열렸다. 그리고 나는 그들이 쓴 시를 하나하나 읽었다. 별을 소재로 한 시였다. "또 달았네, 별" 이런 시구가 나올 때는 다들 활짝 웃었다. 자신의 삶을 시로 쓰고 함께 읽으면서 그제야 웃음이 터져 나오기 시작했다. 자기의 이야기가 아니면 그 어떤 것도 다 소용없는 것이리라. 자기의 가슴을 치고 가는 것이 아니라면. 그러니 자기의 이야기를 해야 한다. 그 이야기를 서로 함께 나눌 수 있어야 한다.

수인들은 시를 쓰면서 자신에게로 다시 되돌아올 수밖에 없다. 지금 갇혀 있는 자신의 모습으로부터 벗어날 수가 없다. 자신의 삶과 시가 만났을 때 그 간극을 어렴풋이 느끼게 된다면 그 순간에 어떤 변화가 일어나리라. 인간의 희망은 시에 담겨 있다. 시의 궁극적인 목적이 있다면 그것은 자유로워지는 것이다. 그 어느 것으로부터도 강제되지 않고 자기 삶의 주인이 되는 것이다. 수인들이 자기의 이야기를 시로 표현할 수만 있다면, 그이는 다시 사신을 감방에 가둬두지 않으리라.

다섯

즐거운 태풍

몇 해 전에 태풍이 온다고 떠들썩한 적이 있었다. 어느 해나 그런 것은 아닌데, 그때는 꽤 시끄러웠다.

"유리창에 신문지 붙이세요."

바람이 센 고층 아파트일수록 준비를 해둬야 한다고 여기저기서 소식이 올라왔다.

"엑스자로 테이프를 붙여두세요."

심지어 건축가까지 나서서 태풍 준비를 하라고 한다.

커다란 유리창에 분무기로 물을 뿌린 다음에 신문지를

붙여놓으면 나중에 떼기가 어려울 것 같았다. 물을 뿌려 긁어냈을 때, 깨끗하게 바닥까지 청소하기가 쉽지 않을 듯했다.

"테이프 붙이지 뭐."

쉽게 붙였다 뗄 수 있어서 투명테이프를 사다가 유리창에 엑스자로 붙여놓았다. 지은 지 몇 해 되지 않은 소위 명품아파트로 불렸지만, 얼마나 큰 녀석이 몰려올지 알 수 없는 일이었다. 혹시나 저 커다란 유리창이 깨지거나 금이라도 가면 비용이 만만치 않게 들 것 같았다.

그러고 보니 남들은 이미 유리창에 테이프를 붙여놓았다. 괜히 늦장 부리다가 낭패를 볼 수도 있었다.

"얘들아, 내일 태풍 온단다. 학교에서 돌아올 때 조심해서 빨리 집에 와라."

"태풍이요?"

"그래, 무지막지한 놈이 온데."

"그럼 신나겠네요."

"뭐?"

216

"드디어 소원을 이루게 되었어요."

"어?"

"태풍 오면 저 날아갈 거예요."

초등학교 저학년이라도 알 건 다 아는 나이가 아닐까. 둘째 녀석은 사내라서 그런지 성장이 조금 더뎠다.

"쟤는 아직도 마법의 세계에서 산다니까."

아직 두려움을 경험해보지 못해서 그럴 것이다. 바람이 얼마나 무서운지 알지 못하는 나이다. 오래전에 미시령에서 온몸이 날아갈 듯한 바람을 맞고서 나는 덜컥 겁을 집어먹은 적이 있다. 그보다 더 오래전에는 소풍을 갔다가 돌개바람이 불어서 사방이 온통 흙먼지로 뒤덮여 한 치 앞도 볼 수 없었던 적이 있었다. 언젠가는 차를 몰고 서해대교를 건너다가 바람에 날려서 바다로 그만 추락하는 줄 알았다.

태풍이 오면 어디로 날아갈 것인지 물어보지는 않았다. 그것까지 꼬치꼬치 캐묻고서 꿀밤이나 하나 머리에 올려주고 싶지는 않았다. 태풍이 몰려온다는 소식은 어린아이

에게는 기쁜 소식이었던 모양이다. 그러니 괜한 잔소리는
필요 없었다.

"얘들아, 태풍 온다! 밖에 나가자. 태풍에 너희 날아가
는 모습 찍어줄게."

아파트 정원에 아이들을 데리고 나가서 한껏 바람 속으
로 뛰어오르라고 했다. 우산을 들고 달려가다가 껑충 허
공으로 뛰는 장면도 사진에 담았다.

"어디 봐요."

아이들이 잔디정원 위에서 펄쩍 뛰어올라 바람 속으로
사라지는 모습이 담겼다. 셔터 스피드를 정상으로 놓고
사진을 찍었으니 형체가 마치 사라지는 듯이 나왔다. 분
홍색 우산을 들고 허공 속의 다른 세상으로 한달음에 건
너가는 모습이었다.

"우리 아기들, 다 사라져버렸네. 다들 어디로 갔을까. 이
제 아빠는 자유다!"

귀찮은 녀석들 한 방에 치워버렸다.

어린 작가와의 대화

1

중학생이 된 둘째를 데리고 예방접종을 하러 병원에 갔다. 둘째 놈은 워낙 겁이 많아서 공포에 떨고 있었다. 그게 안쓰러워 딴생각에 빠지라고 몇 마디 대화를 주고받고 있었다. 옆에 손자와 함께 앉아 있던 할머니가 우리 아들 녀석한테 이렇게 물었다.

"형이니?"

내가 대신 대답했다.

"아빠예요."

할머니는 쓰러지셨다.

2

"3·15 부정선거…… 4·19 혁명…… 5·16 군사 쿠데타…… 음, 5·18 민주화 항쟁…… 아빠, 계엄령은 언제예요?"

"내일 시험 보니?"

"네."

"답안지에 전두환 살인마라고 쓰고 와라."

"네."

총은 위험하다. 나는 사격장에서 방아쇠를 당기기도 전에 눈을 감곤 한다. 격발시의 폭음은 가히 공포스럽다. 아들 녀석이 조금 전에 장난감 권총을 들고 왔다.

"이거 치워주세요."

"왜?"

낮이었다. 권총에 장전되어 있던 실탄을 빼서 아무도 모르게 책장 위에 감춰놓았다. 며칠 전에 낯선 권총이 보여서 한 번 방아쇠를 당겨보았더니 거의 살상용에 가까웠다. 친구가 줬다고 한다. 장난치다가 잘못하면 실명을 할 수도 있을 것 같았다. 이런 건 위험하다고 주의를 주었다. 보는 앞에서 실탄을 뺐다.

오늘 보니 실탄이 다시 끼워져 있었다. 밤늦게 화실에서 데생을 하다가 온 아들이 실탄 없는 권총을 보고 내 방에 찾아왔다.

"이거 치워주세요."

뭐라 설명이 없다. 왜 권총을 감춰달라고 했는지 그런 미묘한 감정을 언어로 설명하기에는 아직 어린가 보다. 이해할 수 있었다. 총알을 발사할 수 없는 총은 소용이 없다. 소용이 없는 총 따위는 그야말로 필요 없는 것이다. 그런 말을 내게 하고 싶은 것은 아니었으리라. 잊고 싶었을 뿐이다. 눈앞에 권총이 보이면 쏘고 싶다. 그런데 실탄이 없다. 차라리 잊는 편이 낫다. 그런 감정을 아들 녀석은 이해하고 있었다. 잊는 것을 선택한 것이다. 나는 묵묵히 실탄 없는 권총을 받았다.

"그래, 알았다."

3

아이가 어디서 나쁜 말을 배워왔는지 입에 걸레를 물고 있을 때는 꼭 그런 말을 쓰지 말라고 다그쳤다.

나쁜 감정은 나쁜 말이 된다. 나쁜 행동이 되고 나쁜 세상을 만든다. 스스로 제어할 수 없다면. 누군가 다독여주지 않는다면. 김수영식으로, 나쁜 감정은 나쁜 감정을 부를 뿐이다. 그것 하나만은 가르치고 싶다. 솔직한 동시도 때로는 나쁠 수가 있다. 감정은 그대로 드러내기보다는 한 번 걸러내야 한다. 그렇지 않으면 다른 이들을 함부로 낮잡아보는 사람이 될 것이다. 무엇이든 자기 것으로 만들어 강제할 것이다. 혼자만 사는 세상이 될 것이다.

예중이라는 곳이 있다. 전국에 몇 안 되는 것 같다. 정식 명칭은 예술학교다. 중학교 과정에서는 특수 목적을 가진 학교를 설립할 수 없어서 그런가 보다. 잘은 모른다. 그런가 하고 추측만 할 뿐. 둘째가 애니메이션을 무척이나 좋아한다. 가끔 내가 봐도 흥미롭다. 이놈이 예중을 가겠다고 한다. 그래서 시험을 보았다. 학교는 분당에 있다.

원서를 낸다고 따라가서 학교 복도에 전시된 학생들의 작품을 보았는데, 입이 딱 벌어진다. 나도 볼 줄은 안다. 수채화를 해본 적이 없어서 전국에 유일하게 소묘만 보는 학교를 선택했다. 영어 면접을 본다고 했지만, 그다지 걱정은 없어서 데생에 많은 시간을 보냈다. 정작 중요한 시험을 보는 이틀 동안 나는 내 일에 바빠서 챙기지 못했다.

마지막 소묘 시험을 마치고 아들에게서 전화가 왔다. 그렇게 기쁜 목소리는 처음 들은 것 같다. 잘 그렸다고 한다. 물론 나도 기뻤다. 예중은 여학생들의 응시가 남학생에 비해 거의 열 배에 달한다. 예쁘고 재능까지 타고났으며 성장까지 빠른 여학생들이 얼마나 많은가. 예중에 간다고 했을 때 처음에는 믿지 않았다. 정작 입시를 준비할 때, 경험이나 쌓으라고 생각했다. 어느 정도 시간이 지나자 갑자기 실력이 많이 늘었다. 그래서 욕심이 생기기 시작했다. 부모의 피는 못 속이는 것인가 하고 말이다. 그래도 여전히 부족했다. 수채화처럼 채색을 별도로 시험 과정에 도입한 학교는 포기해야 했다. 그러고 보니 딱 한 곳만 남았다. 선택의 여지가 없는 것이다.

잘 그렸다고 흥분된 목소리로 아들놈의 전화가 왔다. 영어 면접을 본다고 알고 있었는데, 정작 딱 한 번만 영어로 묻더란다. 네다섯 문장쯤으로 답했다고 기쁜 듯이 자신감 있는 목소리가 저 멀리서 들려왔다. 나는 그간 걱정이 많았다. 그러나 아들놈의 목소리를 듣고 모든 것을 털어버릴 수 있었다. 결과는 내게 중요하지 않다. 사실 처음부터 기대는 하지 않았다. 성장도 더뎠고, 어디로 튈지 모를 정도로 엉뚱한 녀석이다. 결과는 분명 나에게는 중요하지 않다. 아들 녀석에게는 상처가 있을지 모르겠다. 좌절감일까. 그건 얼마든지 스스로 견뎌낼 수 있을 것이다. 나는 결과를 기다리지 않는다. 이미 그 결과를 알고 있기 때문이다. 가장 흥분되고 즐겁고 생기 넘치는 목소리를 들었기 때문이다. 결과는 아들놈 생일날 나온다. 입시를 치르느라 고생했는데, 바로 다음 날부터 그림 그리러 가겠다고 아들이 먼저 나선다. 나는 그게 기쁘다. 그렇게만 가자.

"이거 어디 나온 그림니?"

"제가 생각해서 그린 건데요."

"여기 뭐라고 쓴 거야? 제목이니?"

"페더스. 깃털이란 뜻이에요."

"에프 이 에이…… 이건 티? 그런데 티 다음에 에이치가 들어가야 하는 거 아니니?"

"아, 나중에 고쳐야겠다."

"여자주인공이 예쁘네."

"주인공은 남자예요. 얘는 잠깐 나와요."

"그럼 나 이 여자주인공으로 만화 한 권 그려줘."

"넹~"

"그런데, 이 그림(마지막 그림)은 너무 잔인하지 않니? 피가 막 터지고……."

"이거 그냥 에너지예요. 만화에 많이 나와요."

만화 그리기를 좋아하는 아이가 제 방에서 뭔가 한참을 빠져 있을 때면 거실을 지나가는 내 발걸음 소리도 낮추곤 한다. 하지만 아이가 그리는 만화를 보면 대부분 싸우는 장면이다. 얼굴이 터져서 붉은 피가 뿜어져 나오는 듯한 그림을 보면 걱정이 되는 게 사실이다. 아이가 그린 만화에는 괴성이 가득하다. 퍽 퍽 끼야호 도도도도 쿠웅 야압 크헉 휘이이이잉……. 아이는 혼자 자기 방에 앉아서 몇 시간이고 만화를 그린다. 환타지물이다. 액션 환타지. 아직 잘 모르겠다. 그래도 아이의 설명을 듣고 나니 내가 잔인하다고 판단한 장면이 이해가 되었다. 이래서 작가와의 대화가 필요하다.

눈사람이 되지 못한 의자

다 커서 눈사람을 만들어본 기억이 그리 없다. 눈사람을 만들려면 일단 폭설쯤은 아니더라도 함박눈이 꽤 오랫동안 내려야 한다. 도시에서는 그런 날이 많지 않을뿐더러 아스팔트 위에 쌓인 눈은 내릴 때부터 서서히 녹기 시작하는 경우도 많다. 간혹 눈이 녹지 않고 쌓이는 날이면 그때나 되어야 눈사람을 만들 수 있다. 충분히 눈이 쌓였으면 눈덩이를 굴리면 된다.

어디서 굴릴 것인가. 골목에서, 혹은 학교 운동장에서,

집 근처 작은 공원에서, 어린이 놀이터에서. 그러나 눈덩이를 굴릴 수 있는 공간이 그리 마땅치 않다. 골목은 이미 도로가 된 지 오래고, 학교 운동장에서는 굴린 눈덩이는 흙과 모래로 더러워지기 마련이다. 작은 공원도 마찬가지고. 겨우 아파트 단지 안에 있는 놀이터에서 눈덩이를 굴릴 수 있다.

아이들이 어렸을 때, 눈으로 뭔가 재미있게 놀 수 있다는 것을 알지 못하는 아이들이 보도블록 위에 쌓인 눈에 제 작은 발자국을 찍어 보다가 눈가루를 흩뿌려 보다가 별 재미도 없이 손발만 꽁꽁 얼어붙는 게 안타까운 날이 있었다. 아이들과 놀아주는 게 부모의 중요한 역할 중 하나였으니 그날도 예외는 아니었다.

아파트 바로 옆에 있는 작은 배드민턴장에서 눈덩이를 만들어 보았다. 두 손 가득 눈을 모아서 한 덩이 꽁꽁 뭉쳐서는 그 작은 것을 바닥에 굴리며 조금씩 눈덩이를 키워나갔다. 그쯤은 누구나 할 수 있다. 그것도 못할까 봐. 하지만 눈덩이가 무릎 아래쯤 높이로 커지면서 굴리는 게 그리 쉽지는 않았다. 얼마 만에 굴려보는 것이더냐. 게다가 눈덩이를 굴리는 사람은 나 혼자뿐이었다. 어린아이들이 도와줄 수도 없었다. 한 번 해보라고 옆에서 시늉만 내게 할 뿐 아이들의 조막만 한 손은 도움이 되지 않았다.

그렇게 눈덩이를 몇 번 더 굴렸는데도 생각처럼 둥글게 뭉쳐지지 않았다. 한 번 무거운 눈덩이를 굴려놓으면 그 무게 때문에 눈덩이의 바닥은 평평해졌다. 한 번 또 굴리고 나면 다른 면이 평평해졌다. 거의 사각형에 가까운 눈덩이가 만들어졌다. 그제야 겨우 내 무릎 높이쯤 되었다. 눈 내리는 한겨울에 땀까지 나고, 힘에 부치는 일이 되고 말았다. 또 눈 한 덩이를 더 굴려서 눈사람의 상체를 만들어야 하는데, 아이들을 위해서 함께 놀아주는 게 아니라 자기 자신과의 싸움이 되고 말았다. 그래서 사각형의 작은 눈덩이 두 개를 만들어놓고 손을 털었다.

그래도 그렇지, 애써 눈덩이 두 개를 굴려놓았으니 눈사람은 만들어야 하지 않겠는가. 눈덩이 하나를 낑낑대며 올려 보았다. 아래쪽 눈덩이가 무게 때문에 짜부라졌다.

참으로 볼품없는 눈사람이 만들어지고 있었다. 만화에서 본 것처럼 어느 정도 모양이 나와야 아이들이 환호할 텐데, 이건 아니다 싶었다.

"얘들아, 아빠가 의자 만들어줄까? 힘들지?"

"멍~"

눈덩이 하나를 밀어내고 바닥에 깔린 눈덩이를 다듬어서 의자를 만들었다. 눈뭉치를 덧대어 등받이도 만들고 손걸이도 만들었다. 제법 혼자 앉을 수 있는 크기의 작은 소파가 만들어졌다.

"얘들아, 이번엔 텔레비전 만들어줄게. 여기 앉아서 만화 보자."

아이들은 한 번 앉아보고는 다시 눈가루를 흩뿌리러 가고 관심이 없었다. 그때 지나가던 할머니 한 분이 아이고 허리야 하면서 내가 만든 눈덩이 의자에 앉으셨다.

"애기들이 의자를 다 만들었네. 이건 뭐요?"

"아, 텔레비전이에요."

할머니가 지나가다 내가 만든 의자에 앉았다 가지 않았

다면, 나는 참으로 우울했을 것이다. 그나마 누군가에게 쉴 수 있는 자리가 만들어졌으니 얼마나 다행이었던가.

눈사람은 없었다. 아이들은 숯덩이로 단추를 달고 솔잎으로 눈썹도 붙이면서 눈사람과 만날 기회를 놓쳤을 것이다. 아이들이 하루에도 여러 번 반복해서 보던 레이먼드 브릭스의 동화처럼 눈사람 아저씨와 아이가 밤하늘을 날아서 언덕을 넘고 숲을 건너가는 기회를 놓쳤을지도 모른다.

나는 기껏해야 텔레비전을 보도록 했을 뿐이다. 그러나 얘들아, 너희는 아직 너무나 어리구나. 눈사람 아저씨와 밤하늘을 날아가려면 너희가 스스로 그 눈사람을 만들어야 한단다. 아빠가 만들어주는 눈사람은 가짜야. 조금만 더 자라거라. 너희들 두 손으로 눈사람을 만들어보렴. 착한 눈사람 아저씨가 너희에게 꿈을 보여줄 거야. 아빠는 나쁜 사람이란다. 나 힘들다고, 너희들에게 텔레비전이나 보고 있으라고 하는 이 아빠는 참 나쁜 사람이란다. 그래도 멀리 보렴. 너무 멀리는 말고. 주변도 살필 줄 알면서 멀리 보려무나.

"자, 텔레비전 보자. 눈사람 아저씨다!"

여섯

이름을 찾아서

움베르토 에코의 『장미의 이름』이 가진 제목에 대해 많은 의견들이 나오고 있다. 정작 에코 자신은 이에 대해 밝히고 있지 않고, 역자(이윤기) 역시 이러한 저자의 태도만을 소개하고 있을 뿐이다. 소설의 제목이 많은 이들에게 예사롭지 않은 관심을 불러일으키는 것은, 구조주의 미학 이론가들이 말하는 파라텍스트(paratext)의 중요성을 다시 한번 생각하게 한다.

흔히 텍스트라고 할 경우 본문의 내용만을 떠올리기 쉽

지만 그 텍스트만으로 모든 것을 해석할 수는 없다. 그 텍스트에 대한 다양한 독법을 가능하게 만드는 것이 제목과 같은 파라텍스트의 역할이다. 소설의 제목이 담고 있는 의미를 찾아나서는 것이야말로 작품을 깊이 있고 다양하게 읽을 수 있는 중요한 부분일 것이다.

소설이 출간된 이후 지금까지도 제목에 대한 수많은 의견들이 나오고 있으며, 이러한 해석들은 앞으로도 여전히 시대가 바뀌어 나갈수록 보다 더 다양한 형태로 나오게 될 것이다. 움베르토 에코는 독자들의 궁금증을 끊임없이 자아내는 이 소설의 제목을 어떠한 의도를 갖고 지은 것일까.

많은 독자들은 이 소설의 제목에 대해서 저자 자신이 어떤 특별한 의미를 담고 지었는지 궁금해 한다. 움베르토 에코는 『나는 『장미의 이름』을 이렇게 썼다』에서 『장미의 이름』의 제목에 관해 말하고 있다. 소설의 말미에 붙인 베르나르의 6보격 시구는 '장미'와 '이름'에 대한 의미를 소설의 커다란 주제 아래 해석하는 매우 중요한 역할을 한다. "이 제목이라는 것은 그 작품 해석의 열쇠 노릇을 한다." 소설의 가장 마지막에 남겨놓은 시구는 예사롭지 않은 암시를 담고 있기 때문이다.

그러나 움베르토 에코는 제목에 대해서 상세히 밝히기를 꺼려 한다. 그것은 저자의 해석이 내려질 경우 작품에 대한 다양한 독법이 불가능해지기 때문이다. 그만큼 이 작품의 제목은 상당히 다양한 의미를 담고 있으며 다의적인 해석이 가능하다. 이처럼 제목이 갖고 있는 "대단히 상징적인 것"을 통해 에코는 전통적인 방식의 선형적인 이야기 구조로 짜여진 이 소설을 오히려 열려 있는 비선형적인 구조로 만들어놓는다. 단일한 의미로 묶이는 것이 아니라 읽는 사람마다 나름대로의 추론과 상상으로 인한 다양한 해석이 가능해질 때 비로소 이 소설이 담고 있는 이야기들은 새롭게 해석될 수 있다.

이것은 단지 제목의 의미만을 다양하게 풀이하는 것이 아니라 소설의 내용을 새롭게 해석하는 것에 해당한다. 그런 면에서 에코의 파라텍스트는 대단히 성공적이다. 그렇다면 이 소설의 제목은 어떤 의미를 갖고 있는 것일까.

그 해석의 실마리는 좀처럼 쉬워 보이지 않는다. 어떤 이들은 '이름'에만 주목한 나머지 '장미'의 상징을 협소하게 다루는 우를 범하기도 하고, 또 어떤 이들은 소설의 대미를 장식하는 베르나르의 시구에 얽매여 좁은 시각으로 해석하기도 한다. 실체가 사라지고 이름만 남아 있는 그 덧없음에 대해 시선을 고정시킬 경우 우리는 움베르토 에코가 말하는 "대단히 상징적인 것"에 도달하지 못한다.

제목에 대한 해석의 실마리는 분명 이 소설의 내용 속에서 찾아야 할 것이다. 그리고 무엇보다도 중요한 것은 '이름'에 대한 추론을 하기에 앞서 '장미'의 상징을 찾아보는 일이다. '이름'은 다른 무엇이 아니라 바로 '장미'의 이름이기 때문이다. '장미'에 대한 의미를 찾아내지 못한다면 아무리 다양한 시각으로 '이름'에 대한 해석을 풀어낸다고 해도 소용없는 일이다. 그러나 베르나르의 시구 이외에 '장미'에 관한 상징을 이 소설에서 찾기는 어렵다. 그것은 그 상징이 어떤 묘사나 서술에 의해 확연히 드러나는 것이 아니라 감추어져 있기 때문이다. 나는 이 '장미'의 의미가 이 소설에서 이중적으로 교묘하게 다루어지고 있다고 본다.

우선 첫 번째 '장미'의 의미를 찾아보자. '장미'라는 단어가 사용된 것은 베르나르의 시구 이외에도 몇 군데 더 있다. 가장 먼저 등장하는 부분은 아드소가 이름 모를 여자와 정을 통한 후 "여자의 입술에서 묻어 나오는 냄새는 그렇게 향기로울 수 없는 장미꽃 냄새"(p.459)라고 한 부분이다.

이어서 아드소는 사랑의 고통으로 몸부림치며 여자에 대한 상념 속에서 '장미'의 표징을 말하고 있다. "우주라고 하는 것은 하느님이 손가락으로 쓰신 서책과 같은 것이다. 이 서책에서는 만물이 우리에게 창조자의 크신 은혜를 전한다. 바로 이 서책에서 만물은 삶과 죽음의 다른 얼굴이자 거울이 되며, 바로 이 서책에서 한 송이 초라한 장미는 온갖 지상적 순행의 표징이 된다. 그 서책에서 그렇듯이 그날 아침 내가 만난 만물은 나에게, 그날 주방의 어둠 속에서 제대로 볼 수 없었던 그 여자의 모습을 말하고 있었다."(p.515) 두 번 모두 여자를 지칭하는 의미에서 '장미'라는 단어를 사용하고 있다.

그리고 세 번째 '장미'가 등장한다. 니콜라가 지하 보고에서 보여주는 성물 중에 "시든 장미꽃을 깐 유리병 바닥에는 주님이 쓰셨던 가시 면류관의 일부가 들어 있었다."(p.778) 마지막으로 베르나르의 시구에 '장미'가 등장하면서 소설은 끝난다.

이 소설에서 '장미'는 제목을 포함해서 모두 다섯 번 나온다. 제목과 베르나르의 암시적인 시구를 제외하면, 두 번은 여자와 관계가 있고 마지막 남은 하나는 성스러운 주님의 가시 면류관 조각을 담고 있는 유리병 바닥에서 시든 형상으로 나타난다. 이를 통해 알 수 있듯이 '장미'는 아드소의 일생 동안 가장 충격적인 사건이라고 할 수 있는 여자와의 관계와 매우 긴밀하게 연결되어 있다. 이에 반해 유리병 바닥에 깔려 있는 시든 '장미'꽃은 단지 성물을 장식하는 소품 정도로 인식될 만큼 그리 큰 의미를 갖지 않는다.

훗날 아드소의 회상으로 이루어진 이 소설은 바로 그 아드소의 내면의 기록이라고 할 수 있다. 장서관을 둘러싼 일련의 사건이 아드소에게 기억을 더듬어서라도 기록하게끔 하는 주된 일면이지만 또 다른 측면에서 보면 여자와의 관계를 통해 느꼈던 사랑의 감정과 그 추억 또한 중요한 요인이 된다. "그 열정은 사악한 것이었다. 그러나 진실은 나에게, 그때의 내 느낌은 참으로 아름다운 것이었다고 고백할 것을 요구한다."(p.520) 7일 동안 수도원 안에서 벌어진 사건을 상세히 기록하는 중간에 과거의 기억을 더듬어 나가는 아드소의 심정이 드러나는 부분은 여자에 대한 추억이 매우 중요한 부분을 차지한다는 것을 보여준다. 그래서 '장미'에 관한 의미 해석에 있어서 여자에 대한 사랑의 감정은 예사롭지 않은 역할을 한다.

"지상적 순행의 표징"인 여자는 바로 '장미'에 대한 첫 번째 의미이다. 그 다음 두 번째 '장미'의 의미를 찾아야 할 것이다. 그러나 그 의미는 또 다른 상징 속에 감추어져 있기 때문에 쉽게 드러나지 않는다. '장미'에 대한 해석에 있어서 어려움을 겪는 이유는 저자가 이 '장미'의 또 다른 의미를 직접적으로 다루지 않고 다른 상징으로 치환시켜 놓았기 때문이다. 그것은 바로 '도서관'의 상징이다.

노수도사 알리나르도는 윌리엄에게 장서관은 미궁이라고 말한다. 이를 통해 알 수 있듯이 장서관은 단순한 의미를 넘어 상징적으로 쓰이고 있다. "이 미궁은 이 세상을 상징적으로 나타내고 있는 것"(p.298)이기 때문이다. "들어가는 자에게는 넓지만 나오려는 자에게는 한없이 좁"은 것처럼 미궁은 이 세상에 대한 비유적인 표현이다. 소설에서는 라틴어로 표기하고 있다. "이 문구는 피아첸차의 산사비노 성당의 바닥에 새겨진 도형 미궁의 기명이다."(『에코의 서재 알렉산드리아 도서관』, p262) 에코는 실제로 존재하는 미궁의 기명을 알리나르도의 말로 사용하고 있다.

미궁은 중세 그리스도교에 있어서 매우 중요한 상징이다. "중세 성당의 바닥에 새겨진 미궁은 '예루살렘으로 가는 길', '예루살렘' 혹은 '신의 나라'로 알려졌다. 미궁은 기본적으로 동심원의 도형으로 이루어져 있다. 미궁은 원래 이교도 문화에서 나온 것이었으나 그 동심원 형태는 그리스도교 사상에 흡수되어 중세 고딕 성당의 전형적인 장미창(薔薇窓)에서 찾아 볼 수 있다."(같은 책, p.262) 동심원의 형태로 그려지는 장미, 장미창, 장미원 등은 바로 미궁을 형상화한 것이다. 그것은 천국의 상징이다. '장미'야말로 그리스도교가 추구하는 궁극적인 목표인 것이다.

움베르토 에코는 장서관을 미궁으로 그리고 있으면서 그 '장미'의 상징은 감추어두었다. 표면적으로 드러나는 것은 아드소의 사랑의 대상이었던 여자에 대한 순수한 아름다움을 표현하기 위해 '장미'라는 단어를 사용하고 있지만 도서관, 미궁, 장미의 상징으로 연결되는 곳에서 바로 '장미' 부분만을 감추어두고 있었던 것이다. 게다가 에코가 그리고 있는 장서관의 평면도와 중세 고딕 성당의 장미창은 유사하다.

미궁의 동심원과 장미창의 동심원을 서로 연결하는 곳은 바로 중세 성당이다. 미궁의 중심에는 '장미'가 들어서 있다. 성당 바닥과 본당 회중석에 새겨진 미궁, 그 중심에는 장미와 어린양, 하늘의 예루살렘이 있다. 미궁으로서의 장서관은 '장미'의 다른 이름, 즉 우주를 상징하고 있다. 이 세상이면서 동시에 신이 세운 세계이며 천국인 곳이 바로 장서관, 미궁이다. 그것에 관한 상징이 '장미'인 것이다. 이것이 두 번째 '장미'의 의미이다. 아드소가 추억하는 여자와의 사랑과 궁극적으로 도달해야 할 천국, 이 이중의 의미가 '장미'라는 말 속에 담겨져 있다.

가시 면류관 조각을 담고 있는 유리병 바닥에 시든 '장미'꽃이 들어 있다고 표현한 부분은, 청빈한 수도자의 본분을 지키며 주님의 뜻을 따라야 할 자들이 재물을 탐하고 있는 중세의 모습에 대한 부정적인 의미로 사용된 것으로 볼 수 있다. 서구 사회에서 장미는 오랜 역사를 가지고 있는 하나의 상징이다. 장미는 순수함의 상징이며 동시에 정열적인 상징이기도 하다. 천상의 완벽함과 세속적인 정열의 상징이다. 장미에 관한 최초의 신화를 살펴보면, 질투에 사로잡힌 한 남자의 음해로 마녀로 몰려 화형대에서 죽음을 맞이하게 된 어느 여자를 신이 구해주고 그 화형대를 불에 태워버린다. 그곳에 피어난 꽃이 바로 '장미'이다. 이 '장미'는 바로 신의 증거, 인간에 대한 신의 사랑 등으로 해석할 수 있다. 이것이 가장 오래된 '장미'에 관한 신화이다.

이밖에도 '장미'에 관한 수많은 상징들이 있지만, 에코의 소설 속에 나타난 '장미'는 여자와 천국이라는 이중적인 의미로 사용되고 있다. 베르나르의 시구 중에 "지난날의 장미"가 개정판 이전의 번역에서는 "태초의 장미"로 표기되었다는 것을 상기해볼 때 그 의미가 이중적으로 사용되고 있음을 알 수 있을 것이다. 천국은 실체를 드러내지 않고, 지난날의 여자는 이제 없다. 남은 것은 단지 '이름'뿐이다.

불에 타 파괴된 장서관처럼 호르헤의 도그마적인 진리, 죽은 믿음이 들어선 잘못된 천국이면서도 여전히 "하늘의 예루살렘"일 수밖에 없는 이중성이 '장미'의 '이름'으로 불리는 것이다. 덧없는 '이름'이면서도 궁극적으로 도달해야 할 어떤 목표인 그것, '장미'는 그 '이름'만을 남기도 있다. 실체가 사라진 허명일 수도 있고, 영원토록 찾아 헤매야 할 진리의 열쇠일 수도 있는 것이 지금 우리 앞에 남아 있는 이 '이름'인 것이다.

아드소의 말처럼 "사랑은 우주적인 법칙이다."(p.517) 그 우주는 신의 세계이며, 사랑이 실현되는 곳이야말로 바로 천국이다. 그러나 "안타까운 것은 그 여자의 이름을 알지 못한다는 것이었다."(p.753) "그때도 그랬고 그 뒤로도 그랬지만 나는 사랑하는 사람의 이름을 불러 본 바가 없다."(p.754) 실체를 드러내지 않고 파괴되어버린 천국은 그 이름만을 남기고 있고, 추억 속에서만 실체를 드러내고 있는 여자는 그 이름을 남기지 않는다.

'이름'은 남겨진 것이면서 동시에 부재하는, 이제는 없는 이름이다. 그 '이름'만이 찾아야 할 '실체'를 부르고 있는 것이다.

낯선 침묵

— 앨런 긴즈버그(Allen Ginsberg)를 기억함

 1950년대 비트 세대를 대표하는 앨런 긴즈버그는 광기
에 사로잡힌 언어로 정신적 희열(beatitude)을 추구했다. 시
「울부짖음(Howl)」이 샌프란시스코에서 낭송되자 청중들은
문학사의 새로운 사건을 함성과 광기로 맞아들였다. 앨런
긴즈버그의 자유분방한 언어들은 자율성을 통제하고 관
리하는 체제에 대한 반문화적 저항의 자리에서 태어났다.
그러나 자본은 비트 세대의 정신마저 대중문화의 상업적
권역 안에 가두기 시작했다. 그는 자신을 부정하고 거대

한 문명과의 싸움을 다시 시작해야 했다.

　　너무 많은 공장들

　　너무 많은 음식

　　너무 많은 맥주

　　너무 많은 담배

　　너무 많은 철학

　　너무 많은 주장

　　하지만 너무나 부족한 공간

　　너무나 부족한 나무

　　— 앨런 긴즈버그, 류시화 역, 「너무 많은 것들」 부분

　자본의 풍요로움은 자유의 이름으로 인간을 개체화시
킨다. 너무나 많은 상품과 너무나 많은 자유 속에서 우리
는 타율적인 인간이 되고 있다. 넘쳐나는 다양한 상품 속

에서 우리는 주체가 되는 듯이 자기기만적인 세계에 빠져들고 만다. 그러나 선택은 언제나 우리의 무의식을 장악한 시장의 몫이다. 과잉 소비는 소수 특권층의 권리다. 가용 자본의 소비는 전체 인구의 14%를 차지하는 서구 국가에 집중되어 있고 불평등한 무역구조는 좀처럼 개선되고 있지 않다. 풍요는 차별 위에 세워진 기만적인 허구의 이름이다.

현대사회는 경제적 가치를 삶의 척도로 세우는 왜곡된 경향을 보이고 있다. 급격히 전개되고 있는 신자유주의적 세계화 속에서 복지국가의 기조는 쉽게 무너진다. 봉사와 자선이라는 소박한 나눔의 의식만으로는 현대의 폭압적인 가속도 신화를 벗어날 수 없다. 소외되지 않은 주체를 실현한다는 것은 그 사회의 구성원들이 자기 형성 능력을 갖게 된다는 것을 의미한다. 모든 것을 경제적 가치로 환산하는 현대사회에서 공동체와 개인의 조화로운 삶을 구성하려는 노력은 요원하기만 하다.

인간은 자연과 유기적 관계를 이루는 생명체이며 타자

와 함께 더불어 존재할 때 비로소 '주체'가 된다. 타자의 시선에 의해 새롭게 태어나는 주체로서 거듭나기 위해서는 삶의 이면을 들여다볼 수 있는 인식의 전환을 필요로 한다. 고도의 경제 성장이 이룩한 풍요로운 물질적 전제를 바탕으로 사회정의가 실현될 것이라는 전망은 이제 우리의 삶을 이끄는 하나의 가치가 되었다. 그렇게 자본의 시장원리에 내맡겨진 현실은 그 속도를 줄일 기미가 보이지 않는다. 현대사회는 오히려 소외의 문제를 더욱 심화시키고 있다.

권력과 제도로써 통제하고 관리하는 사회는 진정한 열린 세계로 나아갈 수 없다. 인간의 소외는 근대적 이성의 절대화가 결국 이성에 의한 인간의 억압 구조를 파생한 데서 비롯되었다. 고유한 주체의 완성을 위해서는 모든 강제력으로부터 해방되려는 자유 의지를 필요로 한다. 현실 세계를 왜곡하지 않고 있는 그대로 올바르게 이해하려는 의지와 개인의 자유로운 창의적 능력을 존중하는 사회에서는 감각과 이성의 자율 활동이 조화를 이루면서 참다운 인간성을 실현할 수 있을 것이다.

소비사회의 시피니앙은 실체적 사고가 아닌 다른 기호와의 차이와 관계 속에서 생산된다. 보편적인 불안감을 대가로 치르는 기호의 세계와 마주한 저항의 언어를 나는 다시 읽어야 한다. 지배담론에 길들여지지 않은 살아 숨 쉬는 열린 존재로 새롭게 태어나는 곳이 우리가 열어야 할 미래 사회의 모습이다.

타자는 낯선 존재다. 그것이 타자의 본질이다. 나는 또 다른 존재로 환원할 수 없는 고유한 존재이지만, 그렇다고 홀로 존재할 수는 없다. 타자와 맺는 관계의 맥락 속에서 나는 새롭게 태어난다. 나에게 어떤 차이가 없다면 나는 타자의 시선과 마주할 수 없다. 감각과 이성이 통합적으로 존재하는 심미적 사회는 창조적인 개인들의 연대 위에 세워진다. 타자와 관계를 맺는다는 것은 나와 다른 주체가 만나 내가 갖지 못한 다른 것을 받아들이게 한다. 그때 나는 거듭 생성되고 그 무엇으로도 환원되지 않는 무한한 존재가 될 것이다.

나는 지금 그 낯선 침묵의 세계를 본다. 너무나 부족한 그 침묵을.

괴물론(論)

괴물이 나타났다. 막대한 비용을 들여 공사를 벌인 영산강 등 4대강에 느물느물하고 괴상하게 생긴 낯선 생명체가 나타났다. 큰빗이끼벌레라고 한다. 강물에 발을 담그고 앉아 모처럼 한가로이 휴식을 즐기고 있을 때, 발밑에 이상한 생명체가 가득한 것을 본다면 기분이 어떨까. 큰빗이끼벌레에게는 미안한 일이지만, 생전 처음 보는 이 괴상한 생명체는 마치 환경파괴의 결과로 나타난 기형적인 괴물처럼 느껴진다. 문제는 큰빗이끼벌레에게 있지 않다. 비정상적으로 창궐했다는 게 문제일 뿐이다. 특정한 종의 과잉은 분명 생태계에 이상이 생겼다는 증거다.

괴물이란 무엇인가. 괴물을 의미하는 몬스터(monster)의 라틴어 어원은 몬스트럼(monstrum)이다. 기이한 일, 기형, 거대한 물건, 극악무도한 사람 등의 의미를 갖고 있다. 인간과 동물뿐만 아니라 사물이나 현상 등 포괄적으로 쓰이는 말이다. 정상으로부터 벗어난 것을 괴물이라 부른다. 괴물은 있을 수 없는 일이 벌어진 것을 의미한다. 정상이라고 여기는 기준이 있다면, 그것을 벗어난 것이 괴물이다. 다른 것, 낯선 것, 이질적인 것들이다. 처음 보는 것들은 아직 그 정체를 알 수 없다. 설명할 수가 없다. 그러한 것들은 공포감 때문에 대상을 더 과장되게 인식하기 마련이다. 오래된 숲속에 무엇이 있는지 알 수 없다. 알 수 없는 숲속의 공포는 초록의 괴물을 구체화한다. 괴물은 이렇게 태어났다.

12세기까지 악마는 그저 우스꽝스러운 존재에 불과했다. 악마가 창궐하기 시작한 때는 중세 말기부터였다. 특정한 집단의 이익과 권력을 유지하기 위해서 악마는 도구로 이용되었다. 마녀가 도처에서 태어났고, 악마는 순간마다 인간과 함께했다. 중세가 막을 내렸는데도 괴물은 사라지지 않았다. 새로운 두 번째 괴물이 나타났기 때문이다. 유럽인들은 아메리카 대륙에서 인디언들을 만났고 지리적 발견을 통해 새로운 세계를 경험했다. 대항해시대는 유럽의 이익을 위해 식민지를 지배하고 자원을 약탈했으며 학살과 문명 파괴를 일삼았다. 이성적인 유럽 사회가 이러한 만행을 쉽게 용인할 리는 없었을 것이다. 그러니 식민지 지배에는 그에 걸맞는 정당성이 필요했다. 비서구 세계를 야만적으로 규정하는 것이다. 비서구인을 비정상적인 괴물로 표상화해야 지배의 정당성을 마련할 수 있기 때문이다. "차이를 종속시키는 동질적인 것의 개념적 형식"(들뢰즈)이 표상이다. 비서구 세계를 서구화해서 차이를 서구 중심으로 종속시키는 것이 동일성이다. 그것이 바로 계몽주의였다.

그리고 세 번째 괴물이 탄생한다. 몬스트럼의 어원은

'생각나게 하다', '권고하다', '가르치다' 등의 뜻으로 쓰이는 모네오(moneo)와 '경고하다'는 뜻의 모나레(monere), '보여주다', '지시하다', '증명하다' 등의 의미를 가진 몬스트로(monstro)를 어원으로 삼고 있다. 중심질서, 정상적인 것으로부터 벗어난 기형적인 괴물은 하나의 경고로 나타났다. 질서와 규율과 정상으로부터 벗어난 결과를 끔찍한 모습으로 드러내 보여주면서 인간에게 순응하도록 가르치고 있는 것이다. 한때는 화형대에 오른 마녀의 울부짖음이 그 역할을 했다. 또 한때는 머리가 세 개 달리고 입이 나팔 모양으로 생긴 인디언들이 그런 배역을 맡았다. 노예무역에 희생된 아프리카 흑인들이, 게르만민족의 우월한 유전자를 자랑하던 우생학에 의해서 가스실로 실려갔던 유태인들이, 지게를 지기에 적합한 골격으로 진화했다고 규정 당한 조선인들이 모두 주연급으로 등장했다.

정상과 다른 것, 지배하기 위해 의도적으로 왜곡한 것, 기성 세계를 유지하기 위해서 강제하는 것. 괴물은 이러한 배경 속에서 탄생했다. 무엇이 정상이며, 그 누가 중심이며, 도대체 어떤 것이 진리인가. 다행스럽게도 괴물의 탄생은 누가 그 무엇이 진짜 괴물인지 잘 보여주고 있다는 사실이다. 괴물은 생각나게 한다. 권고한다. 가르친다. 보여주고 있다. 그것을 분명하게 지시하고 있다. 증명하고 있다. 누가 그 무엇이 진짜 괴물인지를. 돈이라는 영어 단어 Money의 라틴어 어원도 괴물과 동일하게 모나레(monere)라고 한다. '경고한다'는 뜻이다.

마지막 괴물이 있다. 아무도 인지하지 못 한다는 측면에서 아직 분류되지 않고 있다. 이 괴물은 종종 다른 것과 섞이기를 좋아한다. 그러나 대체로 지배적인 속성 탓에 '자기화'의 막강한 힘으로 대상을 흡수해버리기도 한다. '무화(無化)'의 단계로 건너가기 위한 방식일 뿐이다. '무엇이든 붙잡을 수 있는 것'을 찾아서 '그 모든 것'이 되려고 하기 때문이다. 팔이 되고 넝쿨이 되고 돌이 되고 바람이 되고 붉은 먼지가 되려고 한다. 그게 무엇인지 아직 알려진 바는 없다. 다만 명사는 끈질기게 서술어를 거느리며 말하려고 한다.

왜 그러는지 나는 아직 모른다. 조금 더 하다 보면 언젠가는 알게 될지 모른다. 다만 지금은 모른다. 무엇인가 지켜야 할 게 있는지도 모른다. 비밀이란 그런 것이다. 지켜야 할 게 아직은 있다.

우아하게 낙타를 거래하는 방법

중앙아시아에서 낙타를 거래하는 방법은 꽤 독특하다. 낙타가 마음에 들면 손님은 상인에게 다가가 손을 내민다. 파는 사람과 사는 사람이 서로 악수를 하면서 인사를 나누는 모습은 어디나 다르지 않다. 그런데 맞잡은 손이 파는 사람의 외투 속으로 슬그머니 들어간다. 외투 속에 손을 감추고 남이 보지 않도록 수신호로 거래를 한다.

가령 손가락 두 개를 펼치면 2,000에 팔라는 뜻이다. 300을 더 받고 싶은 상인은 손님의 손가락을 접으며 엄

지손가락으로 상대의 손을 톡 치고서 세 손가락을 펼칠 것이다. 보이지 않으니 어떤 수신호를 나누는지는 알 수 없다.

값이 맞으면 다시 악수를 하고 흥정을 마치게 된다. 그리고 주머니에서 지폐를 꺼내 셈을 하면 될 텐데, 파는 사람이나 사는 사람이나 모두 서래하는 네는 관심이 없는 듯하다. 그저 웃기만 한다. 괜히 날씨타령이나 한다. 그러다가 차나 한 잔 하자고 근처 노천가게로 간다. 때로는 술을 한 잔 마시기도 할 것이다. 아무리 봐도 돈이 오가는 모습이 보이지 않는다. 낙타 몇 마리 팔았으면 하루가 다 지나간 것일까. 제값에 잘 샀느니, 당신이 흥정에 이겼느니, 이런 대화가 오가지 않는다. 그저 딴 이야기만 나누다가 만다.

한참이 지나서 낙타를 산 사람이 유유히 낙타를 끌고 집으로 간다. 언제 거래가 끝났는지 모르겠다. 아마도 차를 마시다가 탁자 아래로 슬쩍 지폐를 건넸을지 모른다. 낙타를 매매하는 방법이 참 한가롭다. 그리고 보면 이런 독특한 거래법에서 그들의 오랜 지혜를 찾을 수 있다.

주고받는 거래가 밖으로 드러나지 않게 감추는 것이다. 정상적인 교환이라 하더라도 이미 욕망의 관계에 놓여 있기 때문이다. 당사자끼리도 그렇지만 다른 사람들에게도 그 욕망이 드러나지 않도록 하는 것이다. 균등한 이득을 해치는 것은 차익이 상대를 속여서 얻게 될 것이라는 생각 때문이다. 욕망은 외부에서 전이된다. 욕망은 항상 모방적이다. 거래하는 모습이 드러나면 다른 이들이 자칫 욕망을 느끼게 될지 모른다. 이득이 발생된다고 생각했을 때, 욕망은 더 많은 이득을 원하게 된다. 잘못하다가는 욕망을 누르지 못한 이들이 사납게 달려들어 모든 것을 빼앗아갈지도 모른다. 상대를 기만하고 얻은 차익은 불공정한 사회를 만들게 될 것이다.

"차이와 연기는 교환의 상호성이 눈에 띄지 않도록 하기 위해, 끈질긴 상호성을 없애거나 그게 안 되면 적어도 감추어주는 것이자, 교환의 매 순간 사이의 시공간적인 간극을 최대한 벌려서 그 상호성을 지연시킬 수 있게 해주는 모든 것이다."(르네 지라르, 『그를 통해 스캔들이 왔다』)

　게다가 그 자리에서 흥정을 마치지 않고 지연시키는 것
도 가능한 한 자신들의 욕망을 억누르려 하기 때문이다.
일시적으로 타오른 욕망의 상호성을 지연된 시간 속에 덮
어두려는 행위다.

가장 마지막에 나오는 말

쉽게 내뱉을 수 없는 말이 있다. 그 말은 스스로 자기를 부정하는 말이기 때문이다. 부도덕한 말이며, 해서는 안 되는 말이다. 옳지 않은 말이다. 차마 드러낼 수 없는 말이다. 그 말을 실현하더라도 결코 행복해질 수 없기 때문이다. 남은 삶을 오로지 불행으로만 채워야 한다. 회한과 자책과 더이상 그 어느 곳을 향하고 있는지 방향마저 잃어버린 분노와 알 수 없는 고통 속에서 서서히 인생은 망가질 것이다. 돌이킬 수 없으며, 끝내 아무것도 해결하지 못한 채 모든 것이 엉망이 될 것이다. 용서 받을 수도 없다. 그 누가 어깨를 다독이며 다가서지도 않을 것이다. 모두가 떠나가리라. 혼자가 되어 철저하게 버려지리라. 싸늘한 눈길조차 더이상 자신을 향하지 않고 완전하게 내쳐지리라.

'복수'라는 말이 그렇다. 안산의 문화광장에서도 서울의 청계광장에서도 이 말은 다시 들려오지 않았다. 누구도 그런 말을 외치지 않았다. 그래서는 안 되기 때문이다. 그럴 수는 없기 때문이다. 복수는 상대가 무너지기 전에 자신을 가장 먼저 파괴해버린다. 그러나 이 말은 참고 또 참다가 자신도 모르게 가장 마지막에 터져 나온다.

어금니는 세상으로부터 그리 멀지 않은 곳에 숨어 있으면서 가장 마지막에 육체를 다스린다. 육체는 이성을 잃지 않으려고 마지막으로 한 번 더 어금니에 힘을 준다. 그 앙다물고 있는 순간에 슬픔은 느닷없이 다가온다. 수원 연화장에 고 노무현 대통령의 운구차량이 도착했을 때도 사람들은 크게 동요하지 않았다. 미리 와서 기다리는 동안 수많은 사람들이 가득했지만, 모두가 차분했다.

그러나 멀리서 화구가 열리고 관이 서서히 들어가는 모습이 실내 대형 화면에 보일 때, 갑자기 여기저기서 흐느끼듯 참을 수 없는 울음소리가 나오기 시작했다. 이승에서의 마지막 육체가 불길 속으로 들어가는 순간이었다. 큰소리로 울먹이지는 못하고, 참고 또 참아도 소용없는 그런 울음소리가 앙다문 입술 사이로 터져 나오고야 말았다. 애써 또 참아 보지만 그 울음소리는 이내 온몸을 부르르 떨듯이 흐느낌이 되어 있었다. 수많은 이들이 그렇게 울었다. 그 흐느낌이 점차 눈가에 치밀어 오를 때, 앙다문 어금니는 그제야 모든 것을 포기한 듯 마지막 안간힘마저 놓아주고 있었다. 벌어진 입술로 그 서럽고 분노에 찬 울음소리가 느릿느릿 새어나와 허공에 사라지는 것이 아니라 온몸에 흐느낌으로 다시 되돌아와 있었다. 놓아줄 수가 없었기 때문이다. 그저 잘 가시라고 보내줄 수가 없었기 때문이다.

그때 내 뒤쪽 어딘가 먼 곳에서 알아들을 수 없는 큰 목소리가 들려왔다. 그것은 거의 울부짖음에 가까웠다. 나는 그 목소리를 이해하는 데 아주 잠깐 동안의 시간이 필요했다. 그 비명을 되새겨보고 나서야 다시 분명하게 들을 수 있었다.

"복수할 거야."

분명 복수하겠다는 말이었다. 그러나 어떤 소란도 일어나지 않았다. 분노를 참지 못한 그 누군가가 몸부림치다 못해 열린 화구를 향해 뛰어들지도 않았다. 말려야 할 필요도 없었다. 붙잡을 필요도 없었다. 다독일 필요도 없었다. 그 목소리는 단지 굵고 분노에 차 있었을 뿐, 위협적이지 않았다. 그 목소리는 그 자리에 있던 모든 이들의 마음을 대신이라도 하고 있었을까. 전혀 이상한 말이 아니었다. 오히려 다행이라고 생각했다. 그 한마디의 분노마저 없었다면 얼마나 쓸쓸했을까. 얼마나 회한에 가득 찬 채로 무기력하게 되돌아설 수밖에 없었을까. 내 안에 그 목소리가 끊임없이 울리고 있었다. 소용돌이가 되어 내 깊은 곳에 빨려 들어가면서도 끊임없이 반복되는 어떤 목소리를 듣고 있었다. 그제야 나도 흐느끼기 시작했다.

복수는 또 다른 복수를 부를 것이다. 결코 옳은 일이 아니다. 복수하겠다고 외친 누군가의 마음이 정말 복수를 하리라고 그 자리에 있던 그 누구도 그렇게 이해하지 않았다. 그것은 복수가 아니라 잊지 않으려는 다짐이었다. 결코 잊지 않고 잘못된 것을 되돌려놓으려는 마음이었다. 그래서 나도 내 어깨를 흔들며 온몸에 소용돌이치는 흐느낌 속에 그 아픈 말을 거듭 삼키고 있었다.

안산의 문화광장에서도 서울의 청계광장에서도 다시 그 고통스러운 말을 듣지는 못했다. 그러나 잊지 않겠다는 말은 자주 들을 수 있었다. 모두가 이렇게 어금니에 힘을 주고 앙다물며 기억하려고 한다. 내 안에 아직도 소용돌이치는 저 분노와 상처와 자멸의 말을 이제는 놓아주어야 할 때가 되었다. 다른 말에게 그 자리를 내어주어야 할 때가 되었다. 잊지 않겠다는 그 말 한마디로.

어디에도 없지만 여기에는 있는

— 책방에서

유명한 고서수집가 한 분이 멀리 청주에서 찾아오신 적
이 있다. TV 방송에서 스치듯이 보았다고 했다.

"언제 보셨는데요? KBS인가요?"

"잘 모르겠어요. 며칠 되었는데."

지상파 방송일 텐데, 촬영해간 일이 없으니 의아할 뿐
이었다. 우연히 다른 케이블 방송에서 본 것일까. 책방 이
름도 모르고 문래동이라는 단서 하나만 믿고 찾아오셨다
고 한다.

"아무리 골목을 돌아다녀도 못 찾겠어요. 물어물어 찾아갔더니 거기는 수험서 파는 서점이더군요. 그래서 동사무소엘 찾아갔지 뭐예요. 여직원이 자기도 여기 온 지 얼마 안 되어서 잘 모른다고 해요. 그 직원이 인터넷으로 검색해서 지도를 프린트해주었어요. 문래역 3번 출구로 나오라고 하네요. 한참 헤맸어요."

"지도가 잘못 되었네요. 3번 출구가 지금은 7번 출구인데."

"옛날 지도인가 봐요."

어렵게 책방을 찾아오신 손님에게 뭐라도 대접해드려야 하는데, 그저 자리만 권하고 말았다.

"이런 책은 얼마나 하나요?"

"삼십만 원 정도 해요."

"전 책값 잘 몰라요."

책값을 잘 모른다는 분이 이야기를 나누다보니 유명한 고서수집가였다.

처음에는 덜컥 뭔가 잘못되었다고 생각했다. 내가 고등

학생 때부터 모은 책이니 아주 오래된 책은 많지 않다. 고서수집가가 찾아올 정도는 아니었다.

"독도 관련 자료만 빼고 다 처분하려고 해요. 50년대 이후 시집이 천여 권 되는데, 아무나 주고 싶지 않아서요. 여기라면 괜찮겠다 싶어서 왔어요."

몇 억을 주고 수집품을 다 인수하겠다는 사람이 나섰지만, 그렇게 넘겨주고 싶지는 않다고 했다. 책은 누가 소유해서는 안 된다고. 누군가 책을 필요로 하는 사람에게 가야 한다고.

그가 책을 찾아서 전국을 오간 이야기는 상상만으로도 흥미로웠다. 그의 미소는 참으로 순박했다. 책방을 열고 몇몇 수집가들을 만나보았지만, 그는 가장 맑게 웃었다.

"80년대 이후 나온 책은 모으지도 않았어요. 책이 책 같지가 않아서. 옛날 책들은 얼마나 잘 만들었는데요."

나는 그의 말에 마치 동지를 만난 듯이 기뻤다. 지금 나오는 시집들만 봐도 그렇다. 다 똑같지 않은가. 어찌 시집이 시리즈로 똑같은 모양새로 나올 수 있는가.

"『청록집』이후 박목월이 낸 시집은『산도화』예요."

"저도 그 시집 있어요. 어디 있는데, 행사하고 오느라 책이 마구 뒤죽박죽이 되었네요."

그는 시를 쓰는 시인이기도 했다. 지방문예지로 등단해서 여러 편의 시를 남겼다. 신문 등에 발표한 자신의 시를 스크랩해서 마스터 인쇄한 시집을 내게 보여주었다.

그가 오랫동안 모은 시집을 사고 싶었지만, 덜컥 마음을 내지는 못했다. 곧 연락드리겠다고만 했다. 어떤 보물이 그의 창고에 쌓여 있는지 몹시 궁금했다.『삼인시가집』,『춘향이 마음』……. 모두 귀한 시집이다.

어쩌면 나는 그 시집들을 구해다놓고는 아무도 보지 못하는 곳에 감춰둘지 모른다. 그러다가 한 권 두 권 간절히 시집을 찾는 이에게 내놓을지 모른다.

나는 왜 그토록 아끼던 시집들을 다 내다놓은 것일까. 책을 수집하는 사람들은 결국에는 단 하나의 장르만 남겨놓고 다 처분하게 된다. 그렇다면 나는 어떤 책을 남기고 싶은 것일까. 이미 나는 알고 있다. 내가 쓴 책만으로, 내가 직접 만든 책만으로 고요한 서가를 만들리라.

처음에는 책방을 열 생각이 없었다. 책을 직접 만들기 시작하면서 작은 사무실 정도를 얻을 셈이었다. 문득 임대료가 저렴한 곳이 떠올랐다. 화가들이 많이 모여 있다는 말도 들었다. 외롭지는 않을 것 같았다. 몇몇 사람들은 찾아줄 것 같았다.

"옥탑이야."

옥탑방에서 시작했다는 몇몇 출판사 이름이 떠올랐다. 나도 옥탑방에서 시작하고 싶었다. 옥상 전체가 마당이 아니던가. 오가는 사람들 눈치를 볼 필요도 없고, 가을 저녁이면 아무것도 보이지 않는 밤하늘을 나 혼자 바라볼 수도 있지 않은가. 구석에 작은 화단을 만들리라. 의자와 작은 테이블을 내놓고 고요한 볕살을 즐기리라. 누군가 이 높고 고요한 곳까지 찾아오면 직접 끓인 짜이 한 잔을 내놓으리라.

그러나 옥탑방은 더 비쌌다. 하나 나온 게 있었는데, 아예 볼 엄두도 못 냈다. 큰 철공소가 밀집한 구석쯤에 이층 구석방을 보았다. 동네 구경이라도 하자고 따라나섰다가 골목 한가운데 빈 공간이 또 눈에 띄었다. 들어갔더니 비좁은 골목에서 바라본 것과 달리 천장이 높았다. 목조 지붕이 고스란히 드러나서 운치까지 있었다.

"책방을 하면 좋을 텐데⋯⋯."

이렇게 문래동의 다 쓰러져가는 주택 한구석을 얻게 되었다.

"그 구석진 이층 사무실에 누가 오겠어. 혼자 컴퓨터만 바라보며 팔리지도 않는 책이나 만들고 있겠지. 여기라면 사람들과 어울릴 수 있을 거야. 사람이 오면 책도 팔릴 것이고. 이 공간에서 강좌도 여는 거야. 독서모임도 하고."

공간이었다. 책방을 하게 된 것은 우연히 공간을 만났기 때문이었다. 그 공간에서 사람들과 만날 수 있을 것이라는 희망이 생겼다. 지나가는 이들이 예쁜 간판을 사진에 담아가서 여기저기 인터넷에 올려줄 것이고, 몇몇 사람들이 자리를 만들어 모이면 뭔가 의미 있는 일이 생길 것이다. 이야기가 될 것이다. 그렇게 자리를 잡게 될 것이다.

책방이니 당연히 서가를 꾸며야 한다. 알아봤지만 상당한 보증금을 내야 신간을 들여놓을 수 있다고 한다. 그 보증금이라는 것은 폐업을 해야만 돌려받을 수 있다. 문 닫으려고 시작하는 사람은 없다. 없는 돈에 임대보증금 조금 더 보태서 겨우 마련한 자리인데, 신간 위탁판매를 위한 보증금이 따로 더 있을 리가 없었다. 그 큰돈을 묻어두고 갈 형편이 못 되었다.

"뭐하러 신간을 가져와. 네가 가진 책 가져다가 놓으면 되잖아. 시인이 읽은 책! 그것만으로도 충분하잖아."

이미 출판사를 해서 수백 종을 내고 있는 아는 형에게 물어보았더니 내가 가진 책을 내놓으라고 한다. 달리 방법도 없고, 무엇보다도 내가 가장 잘 아는 책을 두고 사람들과 만나는 것도 좋을 것 같았다.

몇 번 이사를 하며 책장 네 개 정도는 버렸던 것 같다. 조금 아까운 책은 택배 상자에 싸서 지인들에게 보내곤

했는데, 그것도 일이었다. 대부분 폐휴지로 버려졌다. 그래도 책은 차고 넘쳤다. 거실과 서재에 가득한 먼지 쌓인 책들을 하나하나 책방으로 옮겼다. 가난한 처지에도 좋은 책을 갖고 싶은 욕망이 컸다. 한 권 두 권 모은 책이 꽤 되었다. 그러나 언젠가부터 조금씩 생각이 바뀌기 시작했다. 귀한 책이지만 이 세상에 단 하나뿐인 것은 아니다. 게다가 앞으로 나에게 김소월과 백석의 초간본을 소장할 기회가 찾아오지는 않을 것이다. 어떤 경우든 수집에 빠지게 되면, 그 즐거움보다 고통이 더 심할 것이다. 갖고 있는 것보다 갖지 못한 것에 대한 집착이 크기 마련이다. 그런 경험을 오래했다. 불편한 마음으로 책을 갖고 있을 필요가 없었다.

책방이 여기저기 조금씩 생기고 있었다. 내가 운영하는 〈청색종이〉도 언론에 보도되면서 희귀본이 많은 곳으로 알려졌다. 관심을 받게 되었다. 책방을 찾아다니는 사람들, 고서수집가, 예술가, 심지어 동네 소방관까지 찾아오셨다. 문재인 대통령이 후보 시절 대선방송 촬영을 위해 찾아왔고, 나의 서가는 언제나 바빴다. 책마다 담겨 있는 이야기들로 시간이 흐르는 줄 몰랐다.

책방은 사람이 만나는 곳이다. 무엇보다도 책을 앞에 두고 살아가는 이야기가 오가는 곳이다. 비록 책 한 권 팔지 못하는 날도 많았지만 찾아온 사람들과 몇 시간을 이야기하는 곳이 되었다. 책방은 책만 파는 곳이 아니었다. 사람과 사람 사이의 말이 오가는 곳이었다. 오래되면 그것도 어떤 문화를 만들어갈 것이다.

그러나 오래된 책방은 귀하다. 일주일에 하나씩 책방이 생긴다는 농담은 현실이 되었지만, 문 닫았다는 책방도 심심치 않게 있는 것 같았다. 삼 년은커녕 일 년도 안되어 문을 닫는 경우도 많았다. 운영이 안 되기 때문이다. 책 한 권을 팔아 남는 이익이 매우 적기 때문이다. 게다가 하루에 팔 수 있는 책은 동네 커피집에서 파는 아메리카노보다 훨씬 적다. 매일 커피를 마시지만, 매일 책을 살수는 없다. 할인가로 인터넷에서 살 수 있는 책을 굳이 먼 책방까지 찾아와서 구입할 필요는 없다. 아는 사람도 한

두 번이다.

공간이 있으니 사람이 모일 구실을 만들어야 한다. 이런저런 강좌를 개설하는 것은 당연하다. 인문학에서 독서, 창작, 그리고 책과 관련된 디자인 등 여러 강좌를 운영하게 되었다. 매번 자리가 넘쳐날 수는 없다. 어떤 강좌는 자리를 채우지 못 하는 경우도 있다.

"술을 팔아요. 병맥주 갖다놓고 코스트코에 마른안주 많아요."

내가 가장 많이 들은 말 중에 하나는 술장사를 하라는 것이었다. 커피를 팔라고 했다. 간판을 잘 보이게 걸고, 길가에 안내판도 하나 붙이고. 쉽게 들어올 수 있게 문가에 '들어오시오' 하고 딱 붙이고.

이런저런 제안들을 많이 들었다. 그러나 숱한 제안들을 고민해 보지는 않았다. 몰라서 못 오는 것이 아니다. 책이 필요한 사람들이 와야 한다. 다른 문화를 만들어가야 한다. 그렇다면 〈청색종이〉는 무엇인가. 이런 생각을 해야만 되는 지점에 이르렀다. 당연하게도 이곳은 나만의 공

간이 아니다. 모든 이들의 공간도 아니다. 그저 다른 그
어떤 공간이어야 한다.

　이곳이 아니면 아무것도 아닌 곳이어야 한다. 그 어디
서든 흔히 만날 수 있는 공간이라면 아무런 의미가 없다.
여기 문래동에 있어야 할 이유가 없다. 그런 공간을 만들
기 위해 이제껏 가꾸어왔다. 그게 아니라면 아무것도 아
니다. 내게 한줌의 명예가 있다면 이것밖에 없다.

　이런 생각에 이른 것은 그저 우연이 아니다. 책방을 열
고 첫 해에 소설창작 강좌를 만들었다. 모 소설가에게 강
좌를 맡겨서 운영해가고 있었는데, 두어 달 지나고 나자
자신의 오피스텔로 자리를 옮기고 싶다는 말을 들었다.
자리가 비좁고 멀어서 수강생들의 작품을 수시로 봐줘야
할 경우에 불편함이 있다는 이유였다. 내가 만든 강좌였
지만, 강사와 수강생이 장소를 옮기면 그것은 〈청색종이〉
의 강좌가 아닌 것이다. 강좌 수입으로 겨우 유지하고 있
었는데, 이마저도 끊기게 될 형편이니 나로서는 꽤 불쾌

하고 어려운 상황이었다. 수강생을 빼돌리는 것과 무엇이 다른가. 그래도 아무 말 없이 그렇게 하라고 했다. 그가 불쌍해서였다. 측은하게 여겨졌다. 참 바보 같은 결정이었다. 그때 단호하게 거부했어야 했다. 수강생들의 편의를 거론하는 그 거짓말에 호통을 쳤어야 했다.

나중에 이와 같은 일이 또 있을 줄 나는 몰랐다. 〈청색종이〉의 인문학 모임에 삼 년째 참석하고 있던 한 회원이 어느 날부터 자기가 만든 모임을 〈청색종이〉의 공간을 대관해서 진행해왔다. 간식거리도 사다 나르고 길 잘 찾아오라고 배너도 만들어 골목 입구에 놓고 해달라는대로 다 했다. 파란 대문에 모임 이름까지 써붙이고.

그렇게 일 년이 다 되어갔다. 좁은 자리 탓에 근처 골목 이층에 별도의 연구소까지 마련해서 자유롭게 모임을 진행하도록 했다. 책상과 의자를 더 사고, 조명공사까지 했다. 지난 일 년 동안 지켜보았다. 점점 〈청색종이〉와는 무관한 모임이 되어가고 있었다. 당연한 일이지만, 뭔가 이상해지고 있었다. 연구소 유지는 늘 적자였다. 책방조차 어려운데 다른 공간을 사용하느라 적자를 더 내야 한다는 것은 어리석은 일이었다.

어쩔 수 없이 연구소는 문을 닫게 되었다. 공간이 필요하면 앞으로 책방을 이용하라고 했다. 그런데 어느 날 그 모임의 광고가 떴다. 길 건너 앞집에서 강좌를 연다는 것이었다. 잘 아는 공간이었다. 한마디 말도 못 들었다. 자리가 좁다는 이유로 상의를 해왔어도 앞집에서 하는 것만큼은 피해달라고 말했을 것이다. 그러나 단 한마디 말도 못 들었다. 몹시 불쾌했다. 역시 내 느낌이 맞았구나 싶기도 했다. 왜 하필 앞집인가. 이미 여러 다른 곳에서 모임을 만들어가고 있지 않았던가. 왜 앞집이란 말인가.

그간 〈청색종이〉에서 했던 모임은 빛이 바래기 시작했다. 그저 자리나 빌려주고 심부름이나 했던 것이다. 삼 년 동안 한 모임에서 얼굴을 맞대고 인문학을 논하던 사람이라 식구처럼 여겼다. 그가 이끄는 모임이 잘되는 것은 더없이 반가운 일이다. 문학을 하는 나 같은 사람이 모르는 세계에서 그의 재능이 빛나는 것은 축복할 일이다. 하지만 〈청색종이〉만의 개성을 만들어가려고 밤낮없이 고민하고 힘들어 했던 나는 대체 무엇이 되는가. 다른 곳이라면 상관이 없다. 왜 앞집이란 말인가. 이 문래동에서 〈청색종이〉만의 이미지를 만들어나가려던 나는 한순간에 바보가 된 것이다. 이렇게 하다가는 내가 만들어가고자 희망했던 그 어떤 '다른 문화'는 그저 빈말이나 마찬가지가 된다.

길 건너 앞집에 이런 불편함을 호소했다. 모르고 한 일일 것이라 했다. 강좌를 이끌고 있는 당사자도 소식을 듣고 연락이 와서 단호하고 간곡하게 말했다. 그러나 누구도 알아듣지 못 했다 여전히 계속 강좌 홍보가 올라오고 있다. 앞으로도 지속될 것 같다. 경우가 아닌 일이다. 이제 내 간곡한 마음 따위는 안중에도 없는 상황까지 이르렀다.

얼마 전 문체부 관계들과 간담회를 한 적이 있다. 작가파견 사업을 책방과 함께하고 싶다고 했다. 한 작가를 근처 몇몇 서점에 파견하면 어떠냐고 해서 반대한 적이 있다.

"작은 책방의 생명은 자기만의 고유한 개성을 추구하는 것인데요. 같은 작가가 여러 책방에서 행사를 하면 각 책방의 고유성은 사라지게 되네요. 작가를 선정해서 무조건 책방에 파견하는 것도 문제가 있고요. 책방과 작가가 어울려서 개성적인 자리를 만들어내야 할 거예요."

결코 쉬운 일이 아니다. 자기만의 개성을 만들어간다는 것은 설불리 할 수 있는 일이 아니다. 그러나 이 세상에 같은 것은 없다. 없어야 한다. 내가 추구하는 이상은 이런 다양성이다. 그것만이 〈청색종이〉가 존재하는 이유다. 나의 상식과 경우는 여기에 있을 뿐이다. 그래서 그 누구도 할 수 없는 일들을 하고자 여러 다른 사람들과 만나고 있다. 그래야 나를 벗어날 수 있기 때문이다. 다른 그 무엇으로 존재할 수 있기 때문이다. 혼자서 할 수 있는 일이 결코 아니다. 함께 지켜줘야 할 일이다.

책은 제자리에 있어야 한다

내가 다녔던 대학의 도서관 기둥에는 재밌는 문구가 붙어 있었다.

"제자리에 없는 책은 없는 책이다."

그 문구 때문이었는지, 아니면 내 소행 때문에 그 문구가 유독 눈에 들어왔는지는 기억나지 않는다. 시간이 남을 때면 꼭 책을 빌려야 할 필요가 없더라도 도서관에 갔다. 어느 날 이 책 저 책 둘러보다가 읽고 싶은 책을 발견했지만 그 책을 뽑아 다른 자리에 꽂아 놓고 왔다. 아무도 그 책을 찾을 수 없게 숨겼던 것이다. 곧 빌려 보려고 했다. 이미 반납하지 않은 책이 있어서 더이상 대출이 되지 않았기 때문이다. 그런데 다시 그 책을 빌리러 간 기억이 없다. 잊고 말았을 것이다. 제자리에 없는 책은 결국 찾을 수 없는 책이 되고야 만다. 어제도 근처 도서관에 가서 책 한 권을 다른 자리에 꽂아 놓고 왔다.(다른 이유 때문이다.) 그 책은 이제 없는 책이다.

나는 빨간 볼펜만 사는데, 필요할 때면 꼭 빨간 볼펜만 없다. 그래서 볼펜을 사면 나만 아는 곳에 숨겨놓는 버릇이 있다. 아이들의 손길이 잘 닿지 않는 책장 높은 곳에 올려놓곤 한다. 그것도 귀찮아서 가끔 책상에 볼펜을 올려놓으면 영락없이 다음 날부터 그 볼펜은 보이지 않는다. 그러니 더욱 볼펜을 숨기게 된다.

있지만 볼 수 없는 책도 있다. 가질 수 없는 책이다. 희귀본이 그렇다. 찾을 수 없는 책이나 마찬가지다. 영인본을 대신 구해 보지만, 잘 안 읽힌다. 값싸게 만든 책은 펼쳐보기도 싫을 정도다. 간혹 한정판 특제본으로 만들어진

영인본이 있는데, 이마저도 구하기가 어렵고 생각보다 비싼 값에 망설이게 된다. 돋보기를 오래된 책에 올려놓고 읽으면 이내 어지럼증을 느끼기도 한다. 너무 오래되어 제본 상태가 좋지 않은 책은 아예 펼치기도 어렵다. 어디에 있든 내겐 모두 없는 것들뿐이다.

한동안 복각본 시집이 대중의 관심을 받은 적이 있다. 초간본을 그대로 재현했다고는 하나 손에 쥐어보면 그저 공장에서 뽑아낸 여느 책과 다르지 않다. 겉은 그럴듯한 양장본인데 속지는 본드로 무선제본을 한 시집을 만나면 뭔가 속았다는 생각마저 든다. 흉내만 낸 책이다. 영혼이 없다. 물론 오래되어 보존 상태가 좋지 않은 옛 활자체나 잘 사용하지 않는 한자도 읽기가 어렵다.

"읽은 수 없는 책은 책이 아니다."

그래서 직접 수제본 시집을 만들기 시작했다. 윤동주 3주기 추도식 때 단 10부만 만든 『하늘과 바람과 별과 詩』는 지금 몇 부 남아 있지 않다. 1955년에 출간된 증보판은 많이 알려져 있지만, 초간본을 기억하는 사람은 많지 않다. 이 시집을 본 순간 나는 매혹되고야 말았다. 희귀성보다는 소박하고 고전적인 느낌 때문이었다.

어떻게 만들었을까 궁리를 한 끝에 표지로 사용할 소재를 찾아 보았다. 마대천, 마사천, 마직천……. 아무리 찾아도 원본의 느낌이 나지 않았다. 그러다가 황마를 찾게 되었다. 물어볼 것도 없이 천을 구하려면 다들 동대문을 가는 것 같았다. 한두 번 가서는 원하는 소재를 찾기가 어렵다. 미로처럼 들어선 상점을 돌아다녀도 황마를 취급하는 곳은 없었다. 철이 아니란다. 여름이나 되어야 나온단다. 발길을 돌려 나오다가 우연히 구석에 황마를 말아놓은 곳을 찾았다.(나중에 안 사실이지만, 윤동주의 초간본도 동대문시장에서 구한 마벽지로 표지를 장정했다고 한다.)

황마천을 몇 마 사다가 시집 표지를 만들어 보았다. 짐작보다 결이 헐거워 보이기는 했지만 마실이 더 촘촘한 것보다는 나았다. 흔히 사용하는 패브릭보다 두꺼워서 양장본 표지를 만들 때 조금 다른 방법을 사용해야 한다. 처음에는 시집이 펼쳐지지 않았다. 하드커버와 본문 속지가 벌어지지 않는 것이었다. 억지로 펼쳐 보니 힘겹게 바느질을 해서 만든 실제본 속지가 찢어져서 벌어졌다. 황마가 워낙 두꺼워서 그렇다. 몇 번의 실패 끝에 그 이유를 알아냈다. 책등과 커버 사이의 간격을 보통 책과 다르게 조금 더 넓게 만들어야 한다.

지난 일 년 동안 이런 실패를 거듭하면서 수제본 시집을 만들고 있다. 어떤 시집은 다 만들고 나자 종이가 쭈글쭈글해져 있기도 했다. 제본풀을 너무 많이 발랐기 때문이다. 게다가 제대로 말리지도 못했다. 어떤 시집은 비뚤어져 있고, 어떤 시집은 커버와 본문이 거꾸로 붙어 있다. 커버와 속지를 연결하는 면지가 제본풀에 젖어서 부풀어 오르는가 하면, 다 만들고 실크스크린 방식으로 책등에 제목과 출판사명을 핸드프링팅 하면 심하게 비뚤어져 있는 경우가 허다하다. 어느 과정 하나 소홀히 할 수가 없다. 정확한 재단과 섬세한 바느질, 붓질을 하기에 용이하면서도 종이에 영향을 주지 않을 정도로 제본풀의 수분을 조절해야 하는 등 단 한 번의 실수도 용납하지 않는다. 정성을 다하지 않고는 제대로 된 수제본을 만들기가 어렵다.

　윤동주, 백석의 시집을 만들고 나자 이상의 시집을 만들고 싶어졌다. 마침 1966년 문성사판 『이상전집』이 있어서 돋보기로 원문을 대조하며 원고를 만들었다. 1956년 태성사판도 참조했지만, '검은잉크'가 '푸른잉크'로 바뀌어 있는 등 원문의 오류는 그대로였다. 이후에 나온 정음사판 『이상시집』도 여전했다. 30년대 표기법은 읽기에 어려울 것 같아서 60년대 표기를 기본으로 하고 후학들이 밝혀낸 전집의 오류들을 찾아서 반영했다. 보통 한자를 덧말 처리하지만 이상의 시집은 한자 위에 한글로 덧말을 달았다. 아무래도 느낌이 달랐다.

　소월의 시집은 워낙 편수가 많아서 엄두를 내지 못하고 있었다. 실습을 나온 학생들이 초간본의 원문을 편집해줘서 간신히 제작에 들어가게 되었다. 그러나 초간본의 느낌을 살리기가 어려웠다. 옥색일까. 아니면 쪽빛일까. 여러 천을 구해서 맞춰 보았지만 원본의 아우라를 대신하기에는 너무나 모자랐다. 생각 끝에 직접 염색을 하기로 했다. 처음 만든 색이 짙은 초록색이었다. 소월의 『진달래꽃』 초간본은 옥색에 가까웠다. 천연 염색으로 재현하기에는 부족했다. 치자, 쪽, 대황, 인디고 등 십여 가지 재료로 천연 염색을 하고 여러 차례 수세 과정을 거치면서 여러가지 색을 연구해 보았지만, 처음 만들었던 짙은 초록색이 가장 아름다웠다.

초간본을 재현할 때 반드시 그대로 복원해야 할 필요는 없었다. 원문을 훼손하지 않고 재현하는 것을 기반으로 하면서도 현대적인 감각으로 재해석하는 것도 의미가 있겠다 싶었다. 복각본과 달라야 한다. 지금 읽을 수 있는 시집이 되어야 한다. 없는 책이 아니라 지금 당신 두 손에 있는 책이 되어야 한다.

남몰래 다른 자리에 꽂아두었던 도서관의 책들. 이 세상에 없는 책으로 만들어버렸던 그 책들. 이제 나는 그 사라진 책들을 세상에 다시 돌려주고 있는지도 모른다. 소월과 이상과 백석과 동주, 그리고 저 영랑과 육사의 빼어난 시들. 당신 두 손에 놓인 저 영혼들.

일곱

무의미한 고통

— 자주 듣는 음악, 혹은 읽지 않는 어떤 시에 대하여

인도에서는 시의 여신을 바크(Vak)라고 한다. 이 이름은 '목소리'를 의미한다. 흔히 사라스와티(Saraswati)라고 불리는데, '흐르는 사람'이라는 뜻이다. 산스크리트에 의하면 최초의 시는 흐르는 물과 나무 사이를 스치는 바람 소리였다. 간혹 시원의 세계와 현재는 그 먼 시간적 간극만큼이나 달라져 있다. 흐르는 물과 나무 사이를 스치는 바람 소리가 여신의 목소리를 통해 시가 되었지만, 지금은 그 '목소리'만으로 시가 되지는 않는다.

'흐르는 물'은 변화를 뜻할 것이다. 세계는 변화한다는 게 산스크리트의 세계관이다. '자가트(jagat)'라는 산스크리트는 이 '세상'을 의미하는 말이다. '변화'한다는 뜻이다. 나고 자라서 죽는 것들뿐만 아니라 모든 것들이 이러한 이치를 벗어날 수가 없다. 우파니샤드에서 "모든 것은 신으로 덮여 있다"고 노래한다. 영원하지 않은 진흙 세상에도 신은 도처에 있다. 꿈을 꾸기 때문이다. 변하지 않는 것은 변하는 것들에 의해서 충족된다. 신이 이 세상을 꿈꾸지만 인간이 신을 꿈꾸지 않으면 신도 이 세상을 꿈꾸지 못한다. 인간의 꿈은 이 세상을 영원의 세상으로 다시 창조한다.

'나무 사이를 스치는 바람소리'에는 소식이 담겨 있다. 사람의 이야기다. 이야기는 사람들의 경험과 감성을 기반으로 하면서 공감의 힘으로 긴밀하게 연결되어 있다. 이제는 "거지도 이야기를 파는 세상"이라는 말이 있을 정도다. 이처럼 이야기는 쉽게 공감을 불러일으킨다.

자기의 존재를 효과적으로 드러내는 방법은 이야기에

있다. 이야기는 어떤 가치를 담고 있기 때문이다. 가치란 이항 대립적인 관계 속에서 그 의미를 갖게 된다. 하나의 가치를 세우고 그것을 따라가는 과정이 자신의 정체성을 형성하는 길이다. 이야기를 구성하는 과정 속에서 미처 자기도 몰랐던 자기 자신을 찾기도 한다.

이야기의 주제는 삶의 목적과도 깊은 관련이 있다. 왜 사는가의 문제와 어떻게 살아가야 하는지에 대한 해답을 구할 수 있을 것이다. 그 주제는 삶의 순간순간 찾아오는 갈등 속에서 결정된다. 서로 다른 가치의 충돌을 경험하고 고민하는 과정 속에서 어떤 하나의 가치만이 선택된다. 그러한 가치를 구하고 실현하는 것이 삶의 방향이라고 할 수 있다. 그 한가운데에는 자기 자신이 있다. 그 누구도 아닌 바로 자기 자신이 주체가 되는 이야기다. 그러나 자기의 이야기를 그 누구도 관심을 기울여 듣지 않는다면 소용이 없을 것이다. 아무도 자기를 주목하지 않는다면, 이야기는 공허하다.

문제를 해결하는 것은 무대 위에서 기중기를 타고 내려

오는 가짜 신(데우스 엑스 마키나)이 아니라 세밀한 관계로부터 도출되어야 한다. 삶의 은유인 이야기는 자기 자신이 세계와 맺는 관계를 스스로 구성해나가는 것이다. 자기의 이야기가 없다면 자기를 찾지 못한 것이나 마찬가지다. 그 이야기는 자기를 드러내는 것만을 목적으로 삼지 않는다. 이야기를 만들어가는 과정 속에서 예기치 않은 새로운 자신을 찾게 되고, 어떤 가치관과 세계관을 세울 수 있기 때문이다.

문화가 산업화되었을 때 본래의 문화가 변질된다는 것은 여러 학자들이 경고한 바 있다. 산업의 목적은 이윤의 축적이기 때문이다. 문화산업은 문화의 본래성에는 관심이 없다. 사회학의 정의에서도 문화는 사회를 이루어 살아가는 인간의 모든 것을 일컫는 말이다. 그 삶이 문화산업에 의해 왜곡되는 것은 분명 경계할 일이다.

문화(culture)라는 말의 어원은 '(밭을) 경작하다, 가꾸다' 혹은 '(신체를) 훈련하다' 등의 의미를 가진 라틴어 'Colo'에서 유래했다. 형용사는 'Cultus'라 하고, 명사는 'Cultura' 다. 문화란 삶의 유의어라고 할 수 있다. 생명을 지속하기 위한 노동과 사회적 관계 속에서 자기를 실현하는 것이 삶이며, 그것을 문화라고 부른다. 인간의 생활방식 자체 가 문화인 것이다.

문화는 그 어원으로부터 멀어졌다. 왜곡되어 있다. '성 공'이라는 새로운 신화를 유포하는 문화, 체제가 원하는 생산성을 높이기 위해 길들여진 문화, 거짓 문화, 타락한 문화 등 자율성을 잃은 왜곡된 문화 속에 오랫동안 내던 져 있었던 것을 부정하기는 어렵다. 그래서 대중문화를 가벼운 감상에 젖어 있다고 치부해오기도 했다.

그러나 이제 대중문화는 '문화' 자체가 되어가고 있다. 한때는 모두가 대중문화로 달려갔다. 시를 이야기하는 사 람은 소수였다. 시에서 세상을 읽어내기가 쉽지 않았던 모양이다. 지금의 형편도 그리 나아 보이지 않는다.

세상은 대중음악에 열광한다. 작가들은 BTS에 빠져 있 다는 고백을 하고, 전 세계 팬들 앞에 선 뮤지션들의 소식이 끊이지 않는다. 아직은 대중음악으로 세상을 읽으려 하지는 않는다. 미국 힙합(Hip Hop)을 듣는 이들은 그 가사를 들으며 세상을 받아들이지 않는다. 돈, 섹스, 마약, 성공, 자아 등의 정서는 현대를 살아가는 이들의 욕망일 테지만, 이국의 상황과 우리의 현존을 그대로 맞물려 생각하기에는 다소 거리감이 있다.

록(rock)의 저항 정신은 여전히 스타일일 뿐이다. 레게(reggae)는 유행이었고, 블루스(Blues)는 지금 이곳에서 사라졌다고 보아도 무방하다. 그래도 세상은 대중음악에 열광하고 있다. 온갖 대중음악 장르가 들어오고 새로운 스타일은 짧은 인기를 끌다가 또 다른 새로운 장르와 섞이며 변화를 거듭하고 있다.

대중음악과 시를 같은 자리에 놓고 비교할 수는 없다. 장르적 특성을 내세울 필요도 없다. 다만 세상은 점점 더 대중음악에 열광하는데, 시는 갈수록 더욱 외면되고 있는지 고민해볼 필요는 있다. 요즘 시는 어렵다는 말을 오랫동안 들어왔다. 그럴 때마다 시는 장르적 속성상 어려울 수밖에 없다는 대답을 내놓을 뿐이다. 물론 대중은 납득하기 어렵다.

소쉬르에 의하면 기호는 실체적 사고가 아니라 관계적 사고로 이루어져 있다. 하나의 언어가 어떤 맥락에 놓여 있느냐에 따라서 그 의미가 달라지는 것은 다른 것과의 차이를 통해서 의미가 생성되기 때문이다. 기호는 그 지시대상과 무관하다. 기호는 자의적일 뿐이다. 맥락과 배후를 고려하지 못하기 때문이다. 인간은 기호 앞에서 실체적 사고를 하기 마련이다. 하지만 기호는 정작 그 지시대상과 무관하다. 실체적 사고에 익숙한 인간은 긍정적인 어감으로 왜곡된 기호를 무비판적으로 받아들인다. 왜곡된 기호가 인간의 사고를 지배하는 것이다. 그래서 권력은 기호를 통해 은밀하게 행사된다.

시의 언어는 '기호'마저도 부정한다. 그 대중적 '기호'는 당대의 가치관을 강제하기 때문이다. 관용적 언어를 넘어서려는 게 시의 장르적 특징이라면 이러한 습속은 항시 실험적인 언어로 표현될 수밖에 없다. 맥락과 관계적 사고 속에서 태어나지만, 시의 언어는 세상을 왜곡하는 게 아니라 다른 세계를 창조하려 한다. 그러니 시는 당연히 어렵다.

시의 장르적 속성만으로 시를 변론하기도 쉽지 않다. 무슨 말인지 모르겠다는 게 일반적인 반응이다. 이해가 되지 않으면, 읽을 수가 없다. 언어만의 문제는 아니다. 어느덧 시는 '세상'을 잃었다. '이야기'조차 없다. '공감'의 힘을 느끼기 어렵다. 현실은 종종 상상력이라는 장치로 왜곡되었고, 그 안에서 이어지는 이야기는 무의미한 고통으로 가득하다.

BTS를 들으며 세계는 열광한다. 재밌다, 스타일이 좋다, 신난다 등 대중음악을 좋아하는 이유는 사람마다 각기 다르다. 그 가운데 가장 눈에 띄는 점은 공감인 듯하다. 왜 대중음악을 들으며 눈물을 흘릴까. 모든 음악에 공감할 수는 없다. 자기 자신에게만 맞는 공감의 음악이 있다. 자기의 경험과 맞닿아 있는 경우다. BTS를 들으며 "나도 그랬어", "내 이야기야"라는 말을 하는 순간 그는 분명 눈물을 훔치고 있다.

절망의 깊은 수렁에 빠졌던 그때 (…) 내 기억의 구석/한 켠에 자리잡은 갈색 piano(BTS, 〈First Love〉)

- 진짜 거의 울 뻔했어.

- 맞아.

- 슈가의 감정이 정말 느껴졌어.

- 그래, 너 눈물 고였어.

- 전체적으로 정말 공감이 가.

BTS의 노래를 듣던 이가 얼굴을 감싸고 눈물을 흘린다. 음악을 듣던 이는 자기의 과거를 회상한다. 그는 열심히 노력했지만 지금 음악가로서 성공하지는 못했다.

- 나도 사실 정말 똑같은 감정들을 느꼈었거든. 외로웠고,

피아노를 만지고 음악을 하면서 일종의 위로를 받았다고 할 때 (…) 내가 아무리 열심히 작을 해도 아무도 알아주지 않는구나 느낄 때도 있었어. (…) 이런 음악을 만들다니 정말 고맙고 높게 평가해.

— https://www.youtube.com/watch?v=Ot8FSlyoxCk

영화감독 데이비드 린치의 자전적 다큐 영화 〈아트 오브 라이프(Art Of Life)〉를 보면 밥 딜런의 공연장에 간 감독은 아무런 관심이 없었다고 말한다. 생각보다 키도 작고 볼품없었으며 그의 음악에 흥미가 없었다. 아무리 대단한 밥 딜런도 듣는 이에 따라서는 관심이 없다. 흥미를 느낄 수 없기 때문이다.

누군가에게 밥 딜런과 시는 동일하다. 그러나 누군가에게 BTS와 시는 전혀 다르다. 시의 난해성이 독자를 멀리하는 것만은 아닐 것이다. 아무리 어려운 시라도 해석의 여지는 있다. 제대로 쓴 난해한 시는 심지어 아름답기까지 하다. 그러나 모든 시를 다 제대로 된 시라고 여겼을 때만 가능한 말이다. 잘못 쓴 시는 당연히 전달마저 되지 않는다. 공감하기가 어렵다. 세대가 달라서 새로운 언어를 이해할 능력이 없다고 치부하는 것은 과연 정당한 판단인가. 그렇지는 않다. 좋은 시를 쓰지 못했을 뿐이다. 시의 기형적인 성장은 시라는 내부에서만 부추겨졌기 때문이다. '세상'이 없고, '이야기'가 없다. 당연하게도 '공감'하기 어렵다.

대중음악을 따라 부르는 이들을 가만히 보면 그 음악으로 자기를 표현하고 있다. 자기의 이야기를 대중음악으로 대신한다. 고스란히 자기만의 이야기는 아닐 것이다. 또 다른 자기의 이야기일 것이다. 오랫동안 천대받았던 대중음악은 공감의 능력을 보여주기 시작한 것이다.

예전 대중음악의 가사가 보편적 정서에 기반을 두고 있다면, 지금은 사적인 특수성과 정서의 보편성이 교차하고 있다. 자기만의 특수한 이야기이지만, 공감의 폭이 있는 보편성을 담아내고 있다. 시가 실험이라는 언어적 특수성에 치우친 나머지 정서의 보편성을 상실했다면, 대중음악은 그 두 가지를 다 받아들이고 있는 듯 보인다.

그러고 보면 '자기 자랑' 같은 스웩(Swag)은 힙합의 주요 특성 중에 하나로 꼽힐 정도다. 길거리 가난한 곳에서 성장해서 지금 금목걸이 차고 다니며 성공했다고 자랑하는 래퍼들이 꽤 있다. 점차 자기 중심의 이야기가 대중음악에 담기기 시작했다. 사사로운 이야기부터 자기만의 이야기가 대중음악에 담겨 있는 것은 누가 먼저랄 것도 없이 '자기'를 중요하게 여기는 문화가 자리 잡았다고 볼 수도 있을 것이다. 근래 출간되는 책에서조차 자기만을 위해서 살겠다고 선언하지 않는가. 그 누구보다도 '자기 자신'이 소중한 것이다. 누구를 위해 희생할 필요도 없다. 그러한 정서에 사람들은 공감한다. 전체주의 시절은 지나가도 한참 지나갔다.

'자기'가 중심이 된 세상은 대중음악뿐만 아니라 시 장르 역시 마찬가지다. 옥타비오 파스는 "자기 자신이 되는 것은 스스로 불구가 되는 것"(『활과 리라』)과 같다고 한다. 인간의 욕망은 항상 달라지고자 한다는 것이다. 그 욕망을 부정하는 것은 불구가 되는 것이나 마찬가지다. 자기 자신이라는 것은 불변의 세계다. 범위와 규율을 만들어 자기 자신을 한정하기 때문이다. 그때 자아는 우상화된다. 자아의 우상화는 소유의 우상화로 이어진다고 한다. 모든 것을 자기화하기 때문이다.

이 세상은 끊임없이 변화한다. 자기 자신은 늘 다른 자기 자신으로 변화한다. 시라는 범주는 없다. 자기라는 것은 무수한 관계 속에서 변화한다는 말이다. 자아란 늘 내 안에 있다고 한다. 자기가 진정으로 원하는 것을 찾으라고 흔히 사람들은 말한다. 누군가는 자아가 외부에 있다고 한다. 외재화된 상징 속에서 주체가 만들어진다는 것은 타자적 현존이다. 나의 욕망이 타자의 욕망이듯이 자기라는 의식은 늘 외부에서 형성된다. 타자의 눈동자에 비친 자기의 모습만으로는 본래적인 자아의 존재를 설명하기가 어려울 때가 있다. 키에르케고르는 자아란 자기 자신에 대한 자기의 관계이며 또한 이와 관련된 타인에 대한 관계라고 한다.

알 수 없는 자기만의 이야기가 공감을 불러일으키는 경우는 흔치 않다. 개인적 특수성과 정서의 보편성을 갖춘 대중음악은 보다 많은 이들에게 다가서고 있다. 시는 어쩌면 지극히 사적인 언어를 발명해내면서 세상과의 관계를 놓쳤는지 모른다. 이렇게 눈부실 정도로 현란하고 개인적인 상징들이 어떤 공감의 힘을 갖게 될지는 아직 모른다. 다른 언어, 이제까지 없었던 정서, 어떤 무의미한 고통이 또 다른 상상을 현실로 만들어버리는 힘이 있다면 다시 시에 기대어보는 것도 무모한 일은 아닐 것이다. 다만 시라는 사적인 언어가 "스스로 불구가 되는 것"이 아니기를 바랄 뿐이다.

어디에 있지 않고 그 무엇에 있는 바그다드 카페

커피를 마시는 것보다 원두를 가는 게 더 좋을 때가 있다. 까만 원두를 넣고 핸드밀의 손잡이를 돌리는 느낌이 좋다. 굵은 원두가 딱 내 손힘에 걸려서 잠시 멈추어 있는 그 순간의 느낌이 마치 나와 원두가 서로 맞닿아 있는 것처럼 좋다.

하단의 작은 서랍을 꺼낼 때 풍겨 나오는 원두 가루의 향기가 커피를 내려서 마시는 것보다 더 좋다. 커피 향은 어느 곳에서나 그윽하게 풍기지는 않을 것이다. 바그다드 카페가 아니라면 더욱 그렇다. 그래서 아무 데나 커피를 마시러 가지 않는다. 사람들은 커피가 가장 맛있는 집을 찾아간다. 그곳 중에 바그다드 카페도 빼놓을 수가 없다.

〈바그다드 카페〉는 잃어버린 자기를 찾아가는 영화다. 독일인 야스민은 남편과 함께 미국 여행길에 나섰지만 남편과의 불화는 여전하다. 결국 황량한 길 위에서 남편과 헤어진 야스민은 허름한 모텔에 여장을 풀게 된다.

그녀가 가져온 여행 가방 안에는 남편의 물건들로 가득하다. 남편으로부터 벗어난다는 것은 자기를 잃어버리는 대가를 치러야 한다. 남성중심사회에서 여성의 삶은 주체적일 수가 없다. 바그다드 카페의 브랜다 역시 무능한 남편과 자식들, 힘겨운 생활고에 끌려다닐 뿐이다.

외국인과 흑인이라는 이 타자들은 자기의 삶을 찾지 못하고 고정된 현실에 붙들려 있는 존재들이다. 그러나 야스민의 마술을 통해 카페가 활기를 띠면서 이들의 삶은 점차 주변인이 아닌 삶의 중심에 서서 행복을 찾기 시작한다. 비실존적 상태인 자기 결핍으로부터 해방되어 진정한 삶의 기쁨을 발견하게 되는 이 영화는 주체성을 찾아가는 실존의 문제를 다루고 있다.

사르트르가 집단적 혁명을 통해 주체성을 찾으려는 것과 달리 이 영화는 현실을 벗어난 마술의 힘으로 자기 결핍의 상황을 벗어나고 있다. 실존적 자각은 존재의 허무로 시작한다. 이 영화에서 남편을 포함한 가족은 더이상 행복의 조건이 되지 못한다. 브랜다의 아들은 온종일 피아노만 치면서 자기 안에만 머물러 있고, 딸은 바깥으로만 돌아다니는 철부지다. 카페의 종업원은 주인의 명령을 수행할 뿐이다. 마을의 보안관도 결국 법이라는 현실 원칙을 이행해야 하는 의미에 짓눌려 있다. 현실을 개혁할 만한 모든 조건들을 빼앗겨버린 인디언처럼 이들은 약자에 불과하다. 그 누구도 브랜다의 삶에 활기를 불러일으키거나 홀로 주체성을 찾도록 자극할 수 없다.

야스민의 마술과 따뜻한 마음은 이러한 황량한 현실을 살아 있는 것으로 만들기 시작한다. 이 영화는 저항과 혁명을 말하지 않는다. 자신의 잃어버린 실존을 찾아가는 길은 현실 너머의 마술과도 같은, 우리가 채 발견하지 못한 가능성으로부터 시작한다. 브렌다는 카페의 주인으로서 어떠한 권력도 갖고 있지 않다. 손님인 야스민 역시 별반 다를 바 없다. 그러나 마술은 이들을 카페의 주인으로서 무대의 중심에 서게 한다. 비로소 이들은 삶의 권력, 그 중심에 서 있게 된다. 그것을 가능하게 한 마술은 '기투'로서의 단호한 모험에 다름 아니다.

자유을 인식하고, 삶을 행복한 것으로 변화시키며, 자기를 실현해가는 과정들은 결코 특별한 것이 아니다. 사막과도 같은 삶의 조건을 흥겹고 충만한 것으로 변화시키는 힘은 결코 특별한 누군가에 의해서만 가능한 것이 아니다.

소외된 타자들이 보여주는 마술은 누구라도 고정된 삶을 변화시킬 수 있다는 희망을 보여준다. 마술은 현실의 원리를 벗어나는 지점에서 이루어진다. 현실을 배반하고 예상치 못한 결과를 보여줄 때 마술의 진가는 발휘된다. 이 영화에서 마술이 주요한 장치로 사용되는 것은 바로 이 때문이다. 마술은 그 누구에게 피해를 입히지 않으면서 현실을 전복한다. 그것이 마술의 진정한 힘이다. 그 마술은 우리 안에 숨어 있다. 그것을 발견하고 현실 밖으로 꺼낼 줄 아는 이는 실존적인 존재가 될 것이다.

사르트르는 인간의 조건을 '무(無)'에서 찾았다. 처음부터 규정된 인간성이란 없다. 이러한 실존주의의 첫 번째 원칙은 본질보다 실존이 선행한다는 논리를 세우게 된다. 이 말을 달리하면 인간의 실존은 결국 자유다. 그 어떤 것도 정해진 것이 없기 때문에 인간은 자유로운 선택을 할 수 있는 존재다. 그 자유가 현실에 적극적으로 관여하면서 자기 결핍의 조건이었던 부동한 현실은 변화하기 시작한다.

그렇다면 과연 실존적 자각은 행복한 삶을 추구할 수 있을까. 문신을 새기던 여자가 떠나려고 한 것은 이전과 다른 화목함이 바그다드 카페를 변화시켰기 때문이다. 브랜다 가족은 행복을 찾기 시작했고, 떠돌이 화가 루이 콕스는 사랑에 빠졌다. 문신을 새기는 여자는 이러한 가족을 중심으로 한 사랑의 공간 속에서 자기의 실존을 찾을 수 없기 때문에 떠나려고 한다. 그녀가 추구하는 자유는 가족이 아니다. 그래서 그녀의 실존은 가족이라는 굴레마저 벗어나는 지점에서 시작한다. 가족은 자칫 또 다른 굴레가 될 수도 있다. 바그다드 카페가 찾은 가족과 사랑의 가치는 많은 이들에게 소중하다. 그렇지만 그것만이 실존의 모든 것이라고 볼 수 없다는 감독의 열린 의식이 이 영화에 숨어 있기도 하다.

야스민이 바그다드 카페에서 필요한 존재가 되어 가는 것을 상징하는 복선은 야스민의 커피 머신에 의해 이어진다. 커피 머신이 고장난 카페에서 손님에게 커피를 제공할 수 있었던 것은 야스민의 커피 머신 때문이다. 그러나 그 커피 머신은 야스민이 직접 가져온 것이 아니다. 야스민의 남편이 길가에 버리고 간 것을 카페 주인이 주워 왔을 뿐이다. 버려진 것도 경우에 따라서 쓸모가 있다는 상징이 전면에 흐른다면, 그 이면에는 필연이 아닌 우연의 질서가 흐른다. 커피 머신은 야스민의 것이지만, 그 쓸

모는 우연에 의해 만들어진다. 야스민도 처음부터 자신의 존재를 스스로 증명하지는 못한다.

커피 머신의 상징은 이 세계가 필연이 아니라 우연이라고 말하고 있다. 그래서 이 영화는 마술을 소재로 다루고 있다. 필연이 아니기 때문에 바그다드 카페가 어디에 있는지 나는 모른다. 바그다드 카페는 어느 한 곳에만 있지 않고 도처에 있다.

우연이지만, 내가 아무것도 하지 않고 세상을 등지고 있으면 어떤 우연조차 내게 일어나지 않는다. 언젠가 바그다드 카페에 들르게 된다면 나는 따뜻한 커피 한 잔을 놓고 오래오래 창밖을 내다보리라. 그곳이 바그다드 카페라는 것을 모른 채 그냥 지나치지 않기를 바랄 뿐이다. 누구에게나 바그다드 카페는 있다. 어디에 있지 않고 그 무엇에 있다.

커피 한 잔을 마신다. 야스민의 커피 머신에서 따른 한 잔의 커피를. 그 건조한 액체가 내 몸에 스며드는 동안 나의 실존을 생각한다. 커피는 시고 쓰다. 뜨겁거나 아니면 아주 차가워야 한다. 그런 입맛 뒤에서라야 깊은 향기를 품는 것이 커피다.

빵과 장미의 질문

켄 로치 감독의 영화 〈빵과 장미〉는 부당한 노동 착취에 저항하는 도시 근로자들의 이야기를 담고 있다. 그 저항에는 인간의 본래성을 회복하는, 산업화 시대의 노동과 차별되는 진전된 논의가 포함되어 있다. 기본적인 생존권과 인간다운 삶이 보장되어야 한다는 내용이 영화의 전면에 깔려 있다. 그다지 새로운 주제는 아니다. 이미 오래전부터 이러한 노동운동은 전개됐고, 어느 정도 자본가의 착취로부터 노동 문제가 나아지는 결과도 얻어냈다. 그러나 현대 사회는 근본적인 착취의 구조를 해결하지 못했고, 오히려 과거보다 더 극심한 양극화 현상을 초래하고 있다.

이 영화를 보면서 이민자의 삶을 통해 노동 문제를 거론하고 있는데 왜 신자유주의적 세계화 시대라는 거시적 시각으로 접근하지 못하고 있는지 아쉬움이 남는다. 왜 노동 착취와 인권 문제가 더 심각한 수준으로 번져가고 있는지 그 근원적인 질문 앞에 이 영화를 바쳤어야 한다는 점은 두고두고 아쉬움으로 남을 듯하다.

그리고 평범한 내용이었지만 이 영화를 보면서 몇 가지 의문들이 생긴다. 그것은 등장 인물의 이름 때문이다. 노동 운동에 적극 참여하며 정의를 외치는 여동생의 이름은 마야다. 반면에 노동 운동에 참여하지 않고 오히려 권력자의 편에 서서 비굴한 모습을 보이는 언니의 이름은 로사다. 마야라는 이름은 환상을 의미한다. 다시 말하면 마야는 이상적인 세계를 추구하는 의미를 갖고 있다. 노동 운동을 통해 노동자들이 착취당하지 않는 사회를 실현해나가는 것은 이상적인 일이다. 그래서 마야의 이름은 적합하다고 생각된다. 그런데 왜 언니의 이름은 로사인가. 로사는 장미를 어원으로 한 이름이다. 게다가 가톨릭 성자 로사는 그녀의 빼어난 아름다움 때문에 남자들의 세속적 욕망에 시달리다가 결국 자신의 아름다운 얼굴에 상처를 내고 스스로 아름다움을 훼손함으로써 그녀의 신을 향한 사랑을 지킬 수 있었다. 영화에서 다루고 있는 '장미'는 좁은 의미에서 인권일 것이다. 좀 더 그 의미를 확장하면 '진리'에 다가서 있을 것이다. 그런데 왜 그 진리의 이름인 장미가 노동 운동을 배반한 언니 로사의 이름으로 등장하는지 이 영화를 보는 내내 그 의문은 쉽게 사라지지 않는다.

아무래도 감독은 이 영화의 평이한 메시지 이면에 또 다른 논쟁거리를 마련하고 싶었는지 모른다. 결국 절도 행각을 펼치게 되는 마야와 동료들을 배신하고 자신의 이익을 추구하는 로사는 모두가 부정한 방법을 따르게 된다. 결코 옳은 행위라고 볼 수 없다. 마야의 이상은 도덕적으로 크게 훼손되었고, 로사의 진리는 자기의 이익을 추구하는 비굴함으로 존재할 뿐이다. 아마도 '빵'과 '장미'가 무엇을 의미하는지 다시 생각해보게 되는 지점이다. 빵과 장미를 얻기 위해서는 자신을 희생하지 않으면 안 된다는 메시지가 다시 한번 이 영화에 숨겨져 있다. 가족을 위해 자신을 내던지고 비굴헤질 수밖에 없었던 로사의 장미는 매우 현실적인 이상이다. 그리고 가족 부양의 의무로부터 자유로운 마야는 현실을 잊고 자신의 이상을 따라갈 수 있지만 매춘으로 가족의 생계를 유지했던 언니의 고백을 듣고 자신이 추구한 이상이 얼마나 비현실적인 것이었는지 고통스럽게 자각하게 된다. 그래서 그녀의 일탈 행위는 자신의 마야, 이상의 세계를 더럽히기 위해 이루어진다.

우리는 지금 어떤 빵을 들고 있는 것일까. 사회악을 눈 감은 대가로 한 덩이의 빵을 들고 있는 것은 아닌가. 그리고 그 앞에 장미 한 송이를 올려놓고 사회적 성공을 자축하고 있는 것은 아닌가. 빵과 장미는 따로 존재하지 않는다. 어떤 빵을 들고 있느냐에 따라 그것이 장미가 될 수도 있고 눈물이 될 수도 있다. 현실에 눈감은 이상은 거짓일 뿐이다. 마야와 로사가, 빵과 장미가 우리에게 던지는 질문은 바로 여기에 있다.

변검 이야기

오천명 감독의 영화 〈변검(變臉)〉을 보면서 루쉰의 『아Q 정전』이 생각났다. 루쉰은 이 작품에서 반봉건주의를 타파하려는 신해혁명 이후의 근대화를 비판하고 있다. 항상 자기 합리화의 방식으로 상황을 모면하려 했던 아큐는 현실을 제대로 인식하지 못하는 중국의 근대화를 상징적으로 드러낸 인물이다. 그러나 오천명의 〈변검〉은 중국의 근대화 과정을 남성중심적이고 몽매한 기존 체계가 바뀌는 지점으로 인식하고 있다.

'변검'은 중국의 전통 사천극의 중요한 기예 중 하나다. 순식간에 가면을 바꾸는 마술 같은 놀라운 방법으로 지금까지도 사랑받고 있다. 한 존재의 정체성이 외부로 발현되어 비로소 존재할 수 있는 것은 얼굴 때문이다. 얼굴을 바꾼다는 것은 주체가 타자의 자리로 옮겨간다는 의미다. 철학자 엠마누엘 레비나스는 얼굴을 통해 타자의 출현을 말한 바 있다. 변검의 기예를 통해 오천명 감독은 낡은 인습을 타파하고 새로운 질서가 들어서는 과정을 영화에서 그리고자 했다.

이 영화에서 가장 먼저 주목해야 할 것은 유교의 여성차별적인 남성중심적 전통이 무너지는 부분이다. 변면왕은 아들이나 한두 명의 제자에게만 비밀스런 기예를 전수하던 오랜 전통을 깨고 구와라는 여자 아이에게 가업을 이어준다. 아리스토텔레스도 여성을 기형적이고 불구의 존재로 인식했고 17세기 서구 과학에서마저 이러한 태도는 변하지 않고 오히려 남성중심주의는 더욱 완고해졌다. 프란시스 베이컨도 자연을 예속화시키는 남성적 시대를 예찬한 바 있다. 서구의 근대성은 과학적이고 합리적인 이성중심적 주체를 통해 객체로서의 대상을 지배하는 구조를 보편적 가치로 받아들였다. 객체는 모두가 타자다. 여성, 어린이, 노약자, 비서구권이 타자의 모습이다.

영화에서 전통적 기예를 여성에게 전수하는 장면은 남성중심적 세계를 파괴하고 여성적 가치를 인정하는 것을 의미한다. 그러나 변검이라는 소재는 여성 차별 문제를 넘어서서 타자적 현존의 문제까지 나아간다. 얼굴을 바꾼다는 것은 타자의 세계를 받아들이는 것이다. 고정불변의 존재가 아니라 타자의 출현을 인식하고 받아들이는 것을 통해 비로소 존재는 주체성을 얻게 된다. 그래서 타자적 현존이라 부를 수 있다. 여성성의 발견이라는 문제를 넘어서서 이러한 타자성의 철학으로까지 이어지는 점이 이 영화에서 주목할 만한 부분이다.

그러나 어쩌면 이보다 더 중요한 문제는 심미성에서 찾아야 할 것이다. 여성 차별적 인습이 무너지는 구조 때문에 전면에 드러나지 않은 주제이기도 하다. 경극 배우 양대가는 같은 기예인으로서 변면왕을 존경하고 있다. 변면왕의 기예를 중국 근대식 군인들처럼 부당한 방법으로 빼앗으려 하지 않았고, 자기의 이익을 버리면서까지 변명왕의 목숨을 구하고자 한 인물이다. 이러한 양대가나 자신의 기예를 함부로 팔지 않는 변명왕 모두 예술가로서의 높은 자긍심을 가지고 있다. 하지만 영화는 장인 정신을 잃지 않고 인간적인 모습을 통해 심미적 가치를 추구하는 두 인물에 의해서 심미성을 말하고자 한 것은 아니다.

이 영화가 심미적 가치라는 메시지를 전달하는 장면은 바로 구와에 의해서 이루어진다. 양대가의 유명한 경극을 본 구와는 변면왕이 죽음에 처했을 때 경극의 내용과 동일한 방식으로 한 가닥 줄에 자신의 몸을 묶고 목숨을 내던지면서 변면왕의 억울함을 호소한다. 경극의 내용은 그저 현실과 다른 이야기에 지나지 않았지만, 구와는 그 예술을 현실에서 가능하게 만들고 있다. 여장남자인 양대가의 비애는 결국 경극의 심미성이 여성성에 기대고 있는 부분에서부터 시작된 것이다. 그러나 구와의 여성성이 예술의 심미성과 만나는 지점에서 이러한 비애는 진정한 삶의 모습으로 승화된다. 구와는 변검술을 전수받으면서 여성성을 찾게 되었고, 경극의 예술을 삶의 현장에서 실천하면서 심미적 가치를 발견하게 되었다. 여성적, 심미적인 것은 이성중심주의 사회에서 그 가치를 인정받지 못했다. 이 영화는 이성, 군대, 감옥과 같은 근대적 체계를 비판하고 심미적 가치로 진정한 삶의 본래성을 회복하고자 한다. 오천명 감독은 남성중심주의에 대한 비판을 넘어서서 심미적 가치의 발견을 통해 새로운 세계관을 만들어가고자 한 것이다.

아스팔트 위에서

'모던 타임즈(modern times)'는 현대라는 뜻으로 사용된다. 그러나 근대가 아직 완결되지 않은 것으로 인식했던 하버마스를 따른다면 현대보다는 근대라는 의미로 받아들이는 것이 좋을 듯하다. 찰리 채플린의 영화 〈모던 타임즈〉가 제작된 1930년대는 산업화, 도시화가 급격하게 진행된 시기였다.

이 영화는 바로 근대성에 대한 성찰을 보여주고 있다. 근대성의 가장 중요한 가치는 갈릴레이의 근대 과학 혁명

이후 실험을 통한 검증 가능한 것을 합리적으로 받아들였던 사고방식에 근간을 두고 있다. 근대 과학은 대상을 수치화하고 분류하는 체계를 마련했다. 그래서 근대의 시간성은 수치와 분류의 인식 태도에 의해 철저하게 통제하고 관리되는 시간성이다.

대량생산과 효율성을 갖추기 위해 시작된 분업 체계 또한 바로 이러한 근대 과학에 기초한다. 그러나 이러한 합리적인 방식을 이성이라고 받아들였던 근대 사회는 인간의 근본적 가치인 자유를 지배하고 통제한다. 근대의 시간성은 수많은 규칙을 만들고 이를 통해 노동을 관리하게 된다. 그로부터 파생되는 표준화, 획일화의 양식은 점차 사회적 복잡성이 증가하는 사회를 단일한 기준으로 통합하고 관리하기 쉬운 대상으로 만든다.

영화에서 보여지는 노동자들의 분업 체계는 대량생산을 위한 효율적인 방법으로 사용되지만 이로부터 인간의 노동은 소외되는 현상을 초래하고 있다. 노동 소외는 상품으로부터 파생되는 근본적 문제이다. 마르크스는 『자본론』(도서출판 길)의 제1장을 '상품'에 대한 분석으로 시작한다. 여기서 중요한 것은 상품 자체가 더이상 노동의 의미를 갖고 있지 못하다는 데에 있다. 상품에서 사용가치를 배제한다면 "그 노동생산물을 사용가치로 만드는 물적인 여러 성분이나 형태도 함께 배제되어버린다."(p.91.) 상품에서 사용가치를 배제하고 노동의 의미는 존재할 수 없다. 그러나 사용가치와 교환가치라는 상품가치로 전환될 때 노동생산물에 담겨 있는 노동의 의미는 추상적으로 환원될 뿐이다. 기계화, 자동화에 의한 분업 체계에 의해서 노동의 총체성은 사라지고, 상품가치에 의해 노동의 가치 또한 추상적 노동으로 전락하고 만다.

영화에 자주 등장하는 감옥과 경찰은 근대적 기획이 인간의 자유를 통제하는 데 주력하고 있다는 점을 시사하고 있다. 근대성이 기반으로 삼은 수치화, 개량화는 수많은 규칙과 제도를 강화했고, 이로써 권력은 더욱 강력한 통치력을 얻게 된다. 제도와 더불어 권력을 유지하는 또 다른 기능은 바로 폭력이다. 그러나 이 폭력은 항상 정당성을 부여한 은폐된 폭력으로 행사된다. 열악한 노동 환경과 비인간적인 노동 시간, 저임금 등의 착취로 인해 발생하는 사회적 소요를 제압하는 방식은 공권력의 폭력을 통해서만 가능하다. 사회 질서를 유지한다는 명목으로 그들의 폭력은 은폐되어 있다.

더욱 무서운 것은 노동을 통해 부를 축적하고, 그것을 기반으로 개인의 자유를 보장한다는 데 있다. 그래서 우리는 모든 가치를 경제적 생산성에 부여하게 된다. 부를 축적할 수만 있다면 모든 것이 용서된다. 모든 삶의 가치는 경제적 가치로 환산된다. 그렇게 해서 우리는 자본이 선사한 물적 자유를 누리게 되는 것이다. 하지만 노동 착취가 이루어지는 사회에서 일반 시민과 노동자가 부를 축적하기란 요원한 일이다. 가난은 가족을 해체하고 근원적인 인간관계를 물화한다.

찰리 채플린은 이러한 근대성을 코미디라는 양식으로 절묘하게 풍자하고 있다. 소녀와 함께 도로 위를 걸어가는 찰리 채플린의 걸음은 그래도 희망을 갖고 자기의 삶을 찾아야 한다는 메시지를 전하고 있다. 그들이 걸어간 그 길이 자연을 향한 외딴 길이 아니라 아스팔트 도로 위라는 점이 인상적이다. 산업화, 도시화를 등지고 자연으로 모든 것을 환원해버리는 막연하고 비현실적인 대안이 아니라 바로 지금 이곳의 삭막한 문명 위에서 희망을 찾으려는 모습은 많은 것을 생각하게 한다.

여덟

열 번째 달이 지고 그 다음 날

— 두 마리 뱀을 따라간 밤과 낮의 기록

어느새 고름투성이 똬리를 튼 비릿한 뱀이 온몸을 친친 감으며 귀밑까지 기어올랐다. 등줄기를 넘어 한쪽 어깨 위로 올라서서 내 마른 귀밑에 검은 혓바닥을 날름거렸다. 그런데 그 뒤를 따라 또 한 마리 뱀이 구붓이 고개를 치켜드는 것이었다. 내가 잠든 사이 내 몸 어느 구석에선가 한차례 가느스름히 몸을 휘감고 뒹굴다가 알을 낳았는지 알 수 없는 서느런 내가 났다.

새벽 푸른 공기를 타고 귀밑으로 기어나가려던 것일까.

어디서 들러붙었는지는 몰라도 귀밑을 슬그머니 기어서 때를 기다렸던 게지, 달이 차오르기를. 귀는 자궁 속에 웅크린 태아의 모습과 닮았다지. 내 등줄기에 그어진 몇 가닥 가는 채찍 자국처럼 힘겹게 숨을 몰아쉬며 붙어 있는 두 마리의 뱀.

차라리 이 흉물스런 뱀을 내 흉곽에 가두어두기로 했다. 왼쪽 귀밑에 귀고리를 하나 달았다. 때를 놓친 저놈의 뱀이 바짝 독이 오른 턱을 치켜들고 쉬르르 쉬르르 가슴을 조인 채 타는 제 혓바닥을 날름거릴 때, 투박한 풀피리 소리에 홀려 퉁퉁 부어오른 귀밑에 작은 귀고리 하나가 흔들리고 있었다. 샛녘이 되어서나 혀끝 타는 저문 뒤라면 어김없이 귀밑에 울려대는 이 금속성의 떨림으로 나는 깨어나고, 어느덧 나는 어둠에 휩싸였다.

심지를 올린다고 한껏 다잡아 올려봐야 그을음만 가득할 것이기에, 검은 휘장을 드리우며 타오르는 그을음을 조금씩 잡아당겨 한 점 고요한 불꽃으로 내릴 때면 비로소 제멋대로 너풀거리던 불의 혀를 감추며 다시 등 뒤로 내려가는 두 마리 뱀의 그림자를 언뜻 볼 수 있었다. 얇은 불꽃에 그슬려 서서히 나타나는 양피지 속의 문장들처럼 나는 그들이 주고받는 말들을 옮겨 적으려 했다.

구리뱀이 기어들어간 지하 성소

몇 가닥 가는 구리뱀들이 서로 뒤엉켜 제 몸을 파고 기어들어간 자리에, 분명 심연이나 소용돌이로 바꾸어 불러야 할 그런 푸른빛이 새어나왔다. 내 어둔 방 안으로 프로메테우스의 불, 전기가 흐르고 있었다. 어떤 이들은 두 개의 콘센트 구멍 속의 탯줄이 콘크리트벽을 뚫고 이어져 있어 그 먼 잠류와 복류의 끝을 따라가면 '혼돈'의 어원에서 파생된 전원(電源)에 닿는다고 믿었다.

그렇게 지하 성소로의 내부순환 회로를 열어놓기 위해서는 검은 탯줄을 따라 들어가야 했다. 종종 그곳으로 한가로운 편서풍이 흘러들고 둥근 물방울 속의 한 점 구름이 굳은 돌멩이처럼 고요하게 천둥을 머금고 있었다. 네 개의 원소들이 서로를 향해 섞이면서도 고유한 제 모습을 잃지 않았다.

그곳으로 어느 순간 빛으로 이루어진 거울이 서서히 떠올랐다. 나는 홀린 듯이 출렁이는 거울 속을 들여다보고 있있다. 빛과 어둠이 리프레시 되는 발광체, 모니터. 스스로 빛을 내는 장막 위에 어둠의 켜로 스며드는 탈육체성. 바로 처음의 혼돈으로 들어가려는 저 입구. 투명한 비늘로 덮인 검은 눈동자처럼 빛을 머금고 있는 저 성소의 지하공간으로 나는 천천히 걸음을 옮겼다.

단속적으로 흘러나오는 빛과 어둠의 내부는 수은이 벗겨져 나간 깨진 거울 조각처럼 투명했다. 그 은빛 정원의 입구는 언제나 무수한 단면으로 겹쳐진 입방체와도 같아서 끊임없이 내부를 순환하는 듯이 보였다. 길고 어둔 터널을 향한 모태로의 귀환, 그리고 움직이는 미궁. 나는 이 세계의 한쪽 후미진 곳에 빛으로 가득한 허공을 조금 더 열거나 닫아놓는 자일 뿐, 내 감각의 경험적 인식론이 단지 전기적 신호에 불과하다고 해도 나는 그다지 놀랍지가 않았다.

손끝으로 더듬어 들어가는 그곳은 끊임없이 움직이는 큐브와 같이 무한대를 이루는 공간이며 시간이었다. 미노타우로스가 웅크려 잠들어 있는 미궁이 날카로운 이빨을 가진 자궁으로서 끊임없이 폭발하는 우주였다면 테세우스의 손에 쥔 실타래는 생성하는 우주의 축에 닿아 있는 새로운 탯줄이었다. 그러나 푸른빛의 육각형의 방은, 실은 열고 들어가는 방이었지만 수없이 많은 다른 방으로 연결된 문을 통해 정작 스스로 고립되어 닫히는 방이기도 했다. 출렁이는 거울, 빛의 동굴 속에는 재현된 현실이 음습한 어둠처럼 들어서 있었다. 나의 손끝은 어떤 빛의 실 끝을 따라 그 환한 어둠 속으로 빨려들었다.

여러 방에 나뉘어 올려진 수많은 별들의 조각파일을 내려받았다. 그런데 몇 개의 조각이 빠져 있었다. 나는 서둘러 이가 빠진 조각들을 찾아다녔다. 그러다 우연히 회원제로 운영되는 은밀한 어떤 사원에 들어가게 되었다. 대화주의자들의 공동체, 혼돈의 상호텍스트성으로 그 신성한 내부를 가득 메우고 있는 곳이었다. 한 치의 오차도 없이 게시물마다 일련번호를 매기고 있는 그들의 사원에서는 은밀하게 다른 '얼굴'들이 공유되고 있었다. 나는 이 중에서 조각파일 하나를 찾아낼 수 있었다. 내려받은 파일들을 하나로 합치고 나니 그것은 바로 '나'였다.

모든 것의 반영이며 대칭인 나는 같은 방식으로 언제든지 이곳에서 현실로 복제될 수 있었다. 그 황홀한 순간을 향해 금속성의 차가운 문장들이 매운 먼지처럼 모여들었다가 곧 사라졌다. 내가 허구이며 내가 모든 것인 곳에서만 내 마음은 나를 현실로 불러냈다. 어느덧 내부순환 회로를 끊임없이 돌고 있던 한 가닥 가는 빛의 문이 서서히 닫히고 있었다. 그곳을 통해 밖으로 나가야 하는지, 다시 안으로 들어가야 하는지 나는 알 수가 없었다. 나는 이미 잃어버린 전원의 안쪽이며 바깥이었다.

내 앞에는 부분의 합이지만 전부는 될 수 없는, 그리하여 번역할 수 없는 모든 문자들의 집합이며 정교한 배열인 바빌로니아의 토판이 놓여 있었다. 키보드였다. 나는 가만히 웅크리고 앉아 누군가 나를 불러주기를 기다리듯 한 글자씩 천천히 기억의 안쪽을 더듬어 무엇인가 적어 내려갔다. 빛의 기원이었다.

초록바늘왕뱀나무의 꿈

어느덧 나는 내 기억의 날카로운 끝을 따라가고 있었다. 찬란한 순금의 기억으로 손끝을 떨고 있는 바늘뱀의 꿈속으로.

나는 저 시원의 금속으로 마음의 가시를 삼을 것이다. 물고기 뼈와 같이 헐거운 몸속에 박혀서 자기 자신은 찌르지 못했던 한갓 투박하고 남루한 마음이었을 때, 굳은 잇몸을 뚫고 자라난 뱀의 독니처럼 처음의 어둠으로 나는 돌아갈 것이다. 바짝 독이 오른 이빨마저 뽑아버리고서야 나는 한 점의 가느다란 빛이 될 것이다. 황금의 바늘 끝에서 눈부시게 쏟아져 내리는 빛의 알갱이들처럼.

처음 나는 거친 자갈과 모래 속에서 자디잔 빛의 알갱이로 내려앉아 있었다. 얕은 강물에 씻겨 내려 한 굽이 또 한 굽이 몸을 틀어 가라앉은 그 사금의 눈부심을 물결마다 온통 흩어놓았다. 젖은 귀를 낮추어 흘러가는 맑은 물 속에서 긴 속눈썹처럼 일렁이는 차가운 물결의 눈빛으로 한낮의 태양을 올려다보았다. 나를, 내 이 몸을 저 모암(母巖)의 깊은 심연 속에서 끌어올린 햇볕을 온몸으로 느끼고 있었다.

나의 기억들이 이끄는 곳은 빛처럼 아스라한 바늘의 끝이었다. 기껏해야 남루한 솜이불이나 꿰어낼 대바늘이면 어떤가. 오랜 땀에 젖어 누렇게 바랜 투박한 바늘이라면 또 어떤가. 한때는 고된 어머니의 손끝을 아프게 찔러댄 못난 바늘이었다. 얹힌 배를 잡고 구르는 아이의 여린 손마디를 풀고서 열 개의 손가락을 하나하나 따주고 있었다. 그러다 나는 늦은 저녁 어느 나그네의 배낭 깊은 곳에서 들부딪듯 가는 머리를 내밀었다. 부르튼 발바닥에 잡힌 물집에서 맑은 고름이 한밤내 빠져나가도록 조심스레 흰 무명실을 꿰어놓고 있었다.

무엇보다도 잊을 수 없었던 것은 어느 남자의 몸속으로 삼켜지고서부터였다. 자전거 한 대를 톱으로 썰어서 이틀 반 동안 먹어치운다는 한 기인의 삶을 따라서 어느 미친 젊은 남자는 대바늘 한 쌈을 삼키고야 말았다. 엑스레이 사진 한 장만 남긴 채 행방을 감춘 그 남자. 그는 몸속에 자전거를 한 대 품고 싶었던 것일까. 어떤 독한 마음이 제 몸속의 찢긴 내부를 기우려고 바늘을 삼켰던 것일까. 대바늘들은 긴 창자까지 이르는 동안 맑은 금속성 소리를 내며 살밑처럼 빠르게 바늘 끝을 뻗어냈다.

나는 자전거가 되어 그의 누추한 삶을 싣고 유유히 언덕길을 내려가고 싶었다. 두 팔을 허공에 내맡기고, 늘 어딘가 시선을 두지 못하고 두리번거리던 눈을 지그시 감은 채 뻣뻣한 목을 한번쯤 뒤로 젖히고서 외딴 길을 내려가고 싶었다. 그러나 나는 결국 어떤 무엇이 되지도 못한 채 그 남자의 몸속에서 아득한 나락으로 떨어지고야 말았다.

　그 밑구멍의 어둠 속에서 녹이 슬고 독이 퍼져 내 금속성의 몸은 흐물흐물 녹아내렸다. 퉁퉁 부어오른 한 마리 고름투성이 실뱀이 되었다. 구덩이 속을 누런 구더기처럼 꿈틀거리다가 내 몸은 다시 한 줄의 피고름 묻은 채찍처럼 자라나고 있었다. 그리하여 어느 날 한 점 편서풍에 실려온 먹장구름을 향하여 고개를 쳐들었을 때, 나는 그만 한 차례 내리치는 푸른 벼락을 덥석 입안 가득 물고야 말았다. 폭풍 속으로 솟아오르려던 나의 꿈은 내 몸을 고름투성이로 굳은 딱딱한 한 그루 나무로 서 있게 했다. 잔뿌리들을 땅속 깊이 내리면서 온몸은 바늘잎으로 무성히 자라나기 시작했다. 거대한 고행자처럼 서 있는 금강소나무가 아니라도, 돌투성이 절벽 위에 매달린 황장목이 아니라도 좋았다.

　내 오랜 황금의 기억은 바늘잎으로 자라나고, 급기야 헌 옷처럼 허공중에 내어 걸린 햇볕을 향해 천천히 손끝을 내밀었다. 마른 그늘을 드리우며 한 줄기 가는 빛으로 돌아갈 시간을 헤아리고 있었다. 나는 내 맨 처음 빛의 알갱이들을 향해 천천히 햇빛 속으로 나아가고 있었다. 그 찬란한 기억을 더듬으며 숯등걸이 속에서 일렁이는 속불꽃처럼 허공에 가만히 무릎을 괴고 앉아 눈을 감고 있었다.

청색종이 산문선 6

초능력 소년

김태형 에세이

초판 1쇄 발행 2020년 9월 29일

지은이	김태형
펴낸이	김태형
펴낸곳	청색종이
등록	2015년 4월 23일 제374-2015-000043호
주소	서울시 영등포구 문래동2가 14-15
전화	010-4327-3810
팩스	02-6280-5813
이메일	theotherk@gmail.com

ISBN 979-11-89176-56-3   03810

이 도서의 국립중앙도서관 출판예정도서목록(CIP)은 서지정보유통지원시스템 홈페이지(http://seoji.nl.go.kr)와 국가자료공동목록시스템(http://www.nl.go.kr/kolisnet)에서 이용하실 수 있습니다.(CIP제어번호: CIP2020041690)

이 도서는 한국출판문화산업진흥원의 '2020년 우수출판콘텐츠 제작 지원' 사업 선정작입니다. 저작권법에 따라 보호받는 저작물이므로 저작권자와 출판사의 허락 없이 복제하거나 다른 용도로 사용할 수 없습니다.

값 14,000원